Carlos Fuentes

L'instinct d'Inez

Traduit de l'espagnol (Mexique)
par Céline Zins

Gallimard

Carlos Fuentes est né à Mexico en 1928. Fils de diplomate, il a poursuivi ses études au Chili, en Argentine et aux États-Unis. De 1975 à 1977, il a été nommé ambassadeur du Mexique à Paris, où il avait longuement vécu auparavant. Tout en explorant le champ du roman, de la nouvelle, du théâtre et de l'essai littéraire, il a mené un nombre considérable d'activités culturelles dans les deux Amériques et a écrit dans la presse européenne.

Le prix Roger-Caillois lui a été décerné en 2003 pour l'ensemble de son œuvre.

À la mémoire de mon fils bien-aimé

CARLOS FUENTES LEMUS
(1973-1999)

Je n'ai perdu que trop de temps parmi les humains.
Mes destins successifs peuvent se lire ici.
À qui confier le récit d'une aventure extra-ordinaire ?

CAO XUEQUIN,
Le rêve dans le pavillon rouge, 1791

1

— Nous n'aurons rien à dire sur notre mort.

Cette phrase habitait depuis longtemps la vieille tête du maestro. Il n'osait pas l'écrire. Il craignait que le fait de la consigner sur le papier ne lui donne une actualité aux conséquences funestes. Il n'aurait plus rien à dire après ça : le mort ne sait pas ce qu'est la mort, le vivant non plus. C'est pourquoi la phrase qui le hantait comme un fantôme verbal était à la fois suffisante et insuffisante. Elle disait tout, mais à condition de ne rien dire. Elle le condamnait au silence. Et qu'avait-il à dire sur le silence, lui qui avait consacré sa vie à la musique — « le moins gênant des bruits », selon la rude sentence du rude soldat corse, Bonaparte ?

Il passait des heures concentré sur un objet. Il se disait que s'il touchait cet objet, ses pensées morbides se dissiperaient, elles se fixeraient sur la matière. Il découvrit rapidement que le prix de semblable déplacement était très élevé. Il pensait que si la mort et la musique l'identifiaient (ou s'identifiaient) trop à un vieil homme, sans autre recours que celui de la mémoire, se fixer sur un objet pourrait le lester, à l'âge de quatre-vingt-douze ans, d'une gravité terrestre, d'un poids spécifique. Lui et son objet. Lui et sa matière tactile, précise, visible, une chose dotée d'une forme inaltérable.

C'était un sceau.

Non pas un disque de cire, de métal ou de plomb qu'on emploie pour imprimer des armes ou des devises, mais un sceau en cristal. Parfaitement circulaire et parfaitement lisse. Il ne servirait pas à cacheter un document, marquer une porte ou un coffre ; sa texture même, cristalline, n'était compatible avec aucun objet scellable. C'était un sceau de cristal qui se suffisait à lui-même, sans aucune utilité ; il ne pouvait servir ni à imposer une obligation, ni à clore une dispute par un pacte de paix, ni à déterminer un destin, pas même à faire foi d'une décision irrévocable.

Le sceau de cristal pouvait *être* tout cela, mais il était impossible de savoir à quoi il pouvait *servir*. Parfois, tandis qu'il contemplait le parfait objet circulaire posé sur un trépied devant la fenêtre, le vieux maestro choisissait de lui conférer tous les attributs de la tradition — marque d'autorité, d'authenticité, d'approbation — sans en privilégier aucun totalement.

Pourquoi ?

Il n'aurait su le dire avec précision. Le sceau faisait partie de sa vie quotidienne, donc il l'oubliait facilement. Nous sommes tous à la fois victime et bourreau d'une mémoire courte qui ne dure pas plus de trente secondes et nous permet de continuer à vivre sans nous retrouver prisonnier de ce qui arrive autour de nous. La mémoire longue, en revanche, ressemble à un château construit avec de grandes masses de pierre. Il suffit d'un symbole — le château lui-même — pour faire surgir tout ce qu'il contient. Le sceau circulaire serait-il la clef de sa demeure réelle, non pas la maison qu'il habitait à présent à Salzbourg, ni les logements provisoires qui avaient abrité sa profession itinérante, ni même la maison de son enfance à Marseille, obstinément oubliée afin de ne plus revoir, plus jamais, la pauvreté et l'humiliation de l'immigré, ni même l'imaginable caverne qui fut notre premier château ? Représenterait-il l'espace originel, le cercle intime, inviolable, irremplaçable qui contient tous les autres, à condition d'abandonner la succession des souvenirs au bénéfice d'une mémoire initiale qui se suffit à elle-même et n'exige pas que l'on se souvienne du futur ?

Baudelaire évoque une maison vide remplie d'instants déjà morts. Suffit-il d'ouvrir une porte, de déboucher une bouteille, de décrocher un vieux costume, pour que l'âme la ré-habite ?

Inés.

Il répéta le nom féminin.

Inés.

Il rimait avec vieillesse, et le maestro aurait voulu rencontrer, dans le sceau de cristal, le reflet impossible des deux, l'amour interdit par le passage des ans : Inés, vieillesse.

C'était un sceau de cristal. Opaque, mais lumineux. C'est surtout cela qui en faisait une merveille. Placé sur son trépied devant la fenêtre, il était traversé par la lumière et le cristal rayonnait. Il était parcouru de fulgurances qui faisaient apparaître, révélées par la lumière, des lettres illisibles, les lettres d'une langue inconnue du vieux chef d'orchestre ; une partition dans un alphabet mystérieux, peut-être la langue d'un peuple disparu, peut-être le cri sans voix venu de très loin dans le temps et qui, d'une certaine façon, se moquait de l'artiste, si attaché à la partition que, bien que la connaissant par cœur, il avait toujours besoin de l'avoir sous les yeux à l'heure de l'exécution...

Lumière dans le silence.

Lettre sans voix.

Le vieil homme devait se pencher, s'approcher de la mystérieuse sphère, tout en se disant qu'il n'aurait plus le temps de déchiffrer le message des signes inscrits dans sa circularité.

Un sceau de cristal qui avait dû être ciselé, caressé peut-être, jusqu'à obtenir cette forme sans faille, comme si l'objet avait été créé par quelque *fiat* instantané : Que le sceau soit et le sceau fut. Le maestro ne savait qu'admirer le plus dans la délicate sphère qu'il tenait entre ses mains, craignant que son étrange petit trésor ne se casse, tenté pourtant (et cédant à la tentation) de le poser sur une main pour le caresser de l'autre, comme pour vérifier à la fois une soudure inexistante et un poli extraordinaire. Le danger était prégnant. L'objet pouvait tomber, s'écraser, voler en éclats...

Ses sens, cependant, comblés par la contemplation, surmontaient le présage. Voir et toucher le sceau de cristal signifiait aussi le savourer comme s'il s'agissait non du récipient mais du

16

vin même d'une source perpétuelle. Voir et toucher le sceau de cristal, c'était aussi le humer, comme si cette matière pure de toute excrétion se mettait soudain à transpirer, à se couvrir de pores vitreux ; comme si le cristal pouvait expulser sa propre matière pour maculer indécemment la main qui le caressait.

Que lui manquait-il, alors, si ce n'est le cinquième sens, le plus important pour le maestro, l'ouïe, écouter la musique du sceau ? Le tour serait ainsi complet, le cercle refermé, circuler, sortir du silence et écouter une musique qui devait être, forcément, celle des sphères, la symphonie céleste qui ordonne le mouvement de tous les temps et de tous les espaces, infinie et simultanée...

Lorsque le sceau commençait, d'abord très bas, très lointain, tout juste un murmure, à chanter ; lorsque le centre de sa circonférence se mettait à vibrer comme une clochette magique, invisible, émanant du cœur même du cristal — son âme et sa ferveur —, le vieil homme ressentait d'abord un frisson de plaisir oublié le long du dos, puis il était pris d'une salivation indésirée car il ne contrôlait plus le flux de sa bouche remplie de fausses dents jaunies, et comme si les yeux s'alignaient sur la bouche, il perdait la maîtrise de ses glandes lacrymales ; il se disait alors que les vieillards dissimulent leur ridicule tendance à pleurer pour le moindre motif derrière le voile pieux d'un grand âge — lamentable, certes, mais digne de respect — qui tend à se déverser telle une outre transpercée par les épées du temps.

Il prenait alors dans sa main le sceau de cristal, comme pour l'étouffer à l'instar d'un petit castor intrus, faire taire la voix qui commençait à surgir de sa transparence, craignant en même temps de briser l'objet fragile dans sa main d'homme encore fort, encore nerveuse et innervée, habituée à diriger, à donner des ordres sans baguette, par le pur florilège de la main nue, longue, aussi éloquente à l'adresse des musiciens de l'orchestre que pour le solo d'un violon, d'un piano, d'un violoncelle — plus puissante que la mince baguette qu'il avait toujours méprisée car, disait-il, ce petit bout de bois, au lieu de favoriser, ampute au contraire le flot d'énergie qui court de mes cheveux noirs et frisés, de mon front dégagé rayonnant de la lumière de Mozart, Bach, Berlioz, comme si Mozart, Bach, Berlioz et eux seuls écrivaient sur mon front la partition que je suis en train de diriger, de mes sourcils épais, mais séparés par une plage sensible, anxieuse, que les membres de l'orchestre interprètent comme ma fragilité, ma culpabilité et mon châtiment pour n'être ni Mozart, ni Bach, ni Berlioz, mais le simple transmetteur, le conduit : le *conductor* si plein de vigueur, certes, mais si fragile, aussi, si angoissé à l'idée d'être le premier à faillir, à trahir l'œuvre, celui qui n'a pas le droit de se tromper et surtout, malgré les apparences, malgré une huée venue du public ou un reproche silencieux de l'orchestre, ou une attaque de la critique, ou une scène capricieuse de la soprano, ou un geste de mépris du soliste, ou une acrimonie vaniteuse du ténor, ou une bouffonnerie de la basse, surtout il ne devait pas y avoir de censeur plus impitoyable de lui-même que lui-même, Gabriel Atlan-Ferrara.

Lui, se regardant, seul, dans la glace, et se disant : je n'ai pas été à la hauteur de ma charge, j'ai trahi mon art, j'ai déçu tous ceux qui dépendent de moi, le public, l'orchestre, et surtout, le compositeur...

En se rasant tous les matins, il se regardait dans la glace et ne voyait plus l'homme qu'il avait été.

Même l'espace entre les sourcils qui d'habitude s'accentue avec l'âge, chez lui s'était effacé, envahi par les poils qui lui poussaient dans tous les sens et lui donnaient l'air d'un Méphistophélès des familles, poils dont il estimait frivole de s'occuper au-delà d'un geste d'impatience comme pour chasser une mouche, qui ne parvenait pas à maîtriser le désordre grisonnant, devenu maintenant si blanc que, s'il n'avait été aussi abondant, il eût été invisible. Autrefois, ces sourcils inspiraient la terreur : ils commandaient, signifiaient qu'il ne fallait pas se laisser tromper par le clair éclat du front jupitérien, ni par l'agitation des boucles noires ; le froncement des sourcils promettait la punition et sculptait le masque sévère du chef d'orchestre, les yeux incroyablement incisifs, tels deux diamants noirs qui revendiquent le droit d'être joyaux en feu et charbon inextinguible ; le nez effilé d'un parfait César, mais doté de larges narines d'un animal de proie, toujours aux aguets, brutal mais sensible à la moindre odeur, puis venait le dessin de la bouche, admirablement masculine et pourtant sensuelle. Lèvres de bourreau et d'amant qui promet la sensualité au prix du châtiment, la souffrance comme prix du plaisir.

Était-ce lui cette effigie de papier de Chine froissé d'avoir tant défroissé, d'avoir tant servi de support à des habits au cours des longs voyages d'un orchestre célèbre contraint, sous tous climats et en toute circonstance, de revêtir l'inconfortable frac pour travailler, au lieu de la salopette enviée des mécaniciens qui, eux aussi, exécutent leur ouvrage à l'aide d'instruments précis ?

Voilà ce qu'il avait été. Son miroir, aujourd'hui, le reniait. Mais il avait la chance de posséder un autre miroir — non pas la vieille glace étamée de sa salle de bains : le cristal du sceau posé sur un trépied devant la fenêtre ouverte sur la vue imprenable de Salzbourg, la Rome germanique. Celle-ci jouissait de l'étendue de sa vallée au milieu des montagnes massives et de sa traversée par un fleuve qui descendait, tel un pèlerin, du flanc des Alpes, irriguant une ville qui s'était peut-être, en d'autres temps, soumise aux forces impressionnantes de sa nature, mais qui, vers la fin du xviie siècle et au début du xviiie, s'était donné un air rival de la nature, reflet en même temps qu'adversaire du monde. L'architecte de Salzbourg, Fischer von Erlarch, avec ses tours jumelles, ses façades concaves, ses ornementations pareilles à des ondes aériennes et sa surprenante simplicité militaire, destinées à faire contrepoids à la fois au baroque délirant et à la majesté alpine, avait inventé une seconde nature physique, tangible, pour une ville emplie de la sculpture intangible de la musique.

Le vieil homme contemplait de sa fenêtre les hautes forêts et les monastères de montagne, puis son regard redescendait au niveau de ses yeux pour se rassurer, mais sans pouvoir éviter — c'était un tel effort — la présence monumentale des falaises et des forteresses pléonastiquement sculptées sur la face du Monchsberg. Le ciel glissait rapidement sur le paysage, résigné à ne concurrencer ni la nature ni l'architecture.

Le vieux maestro avait d'autres frontières. Entre la ville et lui, entre le monde et lui, il y avait cet objet du passé qui n'hésitait pas devant le cours du temps, il lui résistait en même temps qu'il le reflétait. Un sceau de cristal qui contenait peut-être tous les souvenirs de la vie, mais dont la matière était aussi fragile que ces souvenirs, était-il un objet dangereux ? En le regardant, posé ainsi sur son trépied devant la fenêtre, entre la ville et lui, le vieil homme se demanda si la perte de ce talisman de verre signifierait aussi la perte de la mémoire, laquelle se briserait en mille morceaux si, par quelque maladresse de sa part ou de la femme de ménage qui venait deux fois par semaine, ou suite à une colère de la bonne Ulrike, sa gouvernante affectueusement surnommé Dicke, la Grosse, par les voisins, si le sceau de cristal, donc, venait à disparaître de sa vie.

— S'il arrive quelque chose à votre morceau de verre, Monsieur, ce ne sera pas de ma faute. Si vous le trouvez si précieux, rangez-le dans un endroit sûr.

Pourquoi le gardait-il ainsi exposé à l'air libre, aux intempéries quasiment, pourrait-on dire ?

Le vieil homme avait plusieurs réponses à une question aussi logique. Il se les répétait, autorité, décision, destin, devise, pour n'en finalement retenir qu'une seule : la mémoire. Rangé dans un placard, le sceau exigerait d'être remémoré, au lieu d'être, *lui*, la mémoire visible de son possesseur. Exposé, c'est lui qui convoquait les souvenirs dont le maestro avait besoin pour continuer à vivre. Assis au piano, et déchiffrant d'un air las, presque avec la morosité d'un apprenti, une *partita* de Bach, le vieil homme avait décidé que le sceau de cristal serait son passé vivant, le dépositaire de tout ce qu'il avait été et fait. Le sceau lui survivrait. Le fait même d'être un objet si fragile le désignait pour que le maestro lui assigne le rôle de représenter sa propre vie, dans le désir, quasiment, de devenir lui-même une *chose* inanimée. En vérité, dans la transparence de l'objet, tout le passé de cet homme qui avait été, était, et, pour quelque temps encore, serait lui, se perpétuerait au-delà de la mort... Au-delà de la mort. Combien de temps cela représentait-il ? Il ne le savait pas. Et cela n'avait aucune importance. Le mort ne sait pas qu'il est mort. Les vivants ne savent pas ce qu'est la mort.

— Nous n'aurons rien à dire sur notre propre mort.

C'était un pari, et il avait toujours été un homme qui prend des risques. Sa vie, depuis Marseille dont il avait quitté la pauvreté pour rejeter tout autant la richesse sans gloire que le pouvoir sans grandeur, afin de se consacrer à son immense, puissante vocation musicale, lui assurait un socle inébranlable de confiance en soi.

Mais tout cela qui *était lui* dépendait de quelque chose qui n'était pas lui : la vie et la mort. Le pari était que cet objet si lié à sa vie résisterait à la mort et, de quelque mystérieuse façon, peut-être surnaturelle, conserverait la chaleur tactile, l'odorat aigu, la douce saveur, le son extraordinaire et la vision enflammée de la vie de son propriétaire...

Pari : que le sceau de cristal se briserait avant lui. Certitude, ah oui ! rêve, prévision, cauchemar, désir détourné, amour imprononçable : ils périraient ensemble, le talisman et son maître...

Le vieil homme sourit. Non, oh non ! il ne s'agissait pas d'une peau d'onagre qui rétrécit à chaque désir exaucé de son maître. Le sceau de cristal ne s'agrandissait ni ne rapetissait. Il était toujours égal à lui-même, mais son propriétaire savait que, sans changer de forme ni de taille, il contenait, miraculeusement, tous les souvenirs d'une vie, révélant même, peut-être, un mystère. La mémoire n'est pas une accumulation matérielle qui finirait par faire éclater, par simple augmentation des quantités stockées, les fragiles parois de verre. La mémoire était contenue dans l'objet parce qu'elle avait exactement les dimensions de l'objet. La mémoire n'était pas quelque chose qui se surajoutait ou qui épousait de force la forme de l'objet ; c'était une chose qui se distillait, se *transfigurait* avec chaque nouvelle expérience ; la mémoire originelle reconnaissait chaque souvenir nouveau-venu en lui souhaitant la bien-venue en un lieu d'où, sans le savoir, la nouvelle mémoire avait surgi, se croyant un futur, pour découvrir qu'elle serait toujours un passé. L'avenir serait, lui aussi, mémoire.

Pareillement évidente, l'image était d'un autre ordre. L'image doit se montrer. Seul un misérable avaricieux possède un Goya caché, non par peur du vol, mais par peur de Goya. Par crainte que le tableau accroché, pas même sur le mur d'un musée, mais dans la propre maison de l'avaricieux, soit vu par d'autres, et surtout, que le tableau en regarde d'autres. Rompre la communication, voler à jamais à l'artiste la possibilité de voir et d'être vu, interrompre à jamais son flux vital : rien ne peut procurer plus grande satisfaction, quasiment orgasmique, au parfait avare. Car, pour lui, chaque regard étranger lui dérobe le tableau.

Le vieil homme, lui, même quand il était jeune, n'avait jamais conçu les choses de cette façon. Sa superbe, son isolement, sa cruauté, son orgueil démesuré, son plaisir sadique — parmi tous les défauts qu'on lui avait reprochés au cours de sa carrière ne figuraient pas l'étroitesse d'esprit, le refus de partager sa création avec un auditoire présent. Au contraire, son refus de livrer l'art à l'absence était célèbre. Sa décision avait été irrévocable. Pas un seul disque, pas un seul film, pas une seule retransmission radiophonique, et encore moins, horreur des horreurs, télévisuelle. Il était notoirement l'anti-Karajan, qu'il considérait comme un clown auquel les dieux n'avaient accordé d'autre don que celui de la fascination de la vanité.

Gabriel Atlan-Ferrara, lui, non, il n'avait jamais voulu de ça... Son « objet d'art » — c'est ainsi

qu'il présentait le sceau de cristal en société —
était exposé à la vue de tous, il appartenait au
maestro, certes, mais le fait était récent ; avant
lui, l'objet était passé dans d'autres mains, son
opacité s'était transformée en une transparence
pénétrée par de nombreux regards, très anciens,
qui étaient peut-être restés dans le cristal, para-
doxalement vivants parce que captifs.

Exposer *l'objet d'art* relevait-il d'un geste de
générosité, comme le disaient certains ? S'agissait-
il d'une devise seigneuriale, d'un sceau d'armes,
d'un simple chiffre, mystérieux néanmoins, gravé
dans le cristal ? Une pièce héraldique ? L'inscrip-
tion d'une blessure ? Serait-ce rien moins que le
sceau de Salomon ? concevable comme la matrice
même de l'autorité royale du grand monarque
hébreu, mais identifiable, plus modestement,
comme une plante grimpante souterraine aux
fleurs blanches et vertes, aux grands fruits rouges, pédoncules courbés : le sceau-de-Salomon ?

L'objet n'était rien de tout cela. Le maestro le
savait, mais il était incapable d'en situer l'origine.
Ce dont il était sûr, d'après ses connaissances,
c'est que l'objet n'avait pas été fabriqué, mais
trouvé. Il n'avait pas été conçu, il *concevait*. Il
n'avait pas de prix, parce qu'il était totalement
dépourvu de valeur.

C'était un objet transmis. Assurément. Son
expérience le lui confirmait. Il venait du passé.
Arrivé jusqu'à lui.

Cependant, la raison pour laquelle le sceau de
cristal était exposé là, devant la fenêtre qui donnait sur la belle ville autrichienne, n'avait finalement que peu à voir avec la mémoire et l'image.

Il avait tout à voir — le vieil homme s'approcha de l'objet — avec la sensualité.

Il était là, à portée de main, justement pour que la main pût le toucher, le caresser, sentir dans toute son intensité la douceur parfaite, voluptueuse, de cette peau incorruptible, qui pouvait être une épaule de femme, la joue de l'être aimé, une taille cambrée ou un fruit immortel.

Moins encore qu'une étoffe somptueuse, qu'une fleur éphémère, qu'une pierre précieuse, le sceau de cristal n'avait aucune fonction utilitaire, il ne pouvait être entamé ni par les vers ni par le temps. Il était un objet absolument intègre, beau, jouissance du regard et, éventuellement, du toucher, lorsque les doigts étaient prêts à se faire aussi délicats que l'objet.

Le vieil homme s'y reflétait comme un fantôme de papier ; ses mains avaient la force d'une tenaille. Il ferma les yeux et prit le sceau dans une main.

Telle était sa plus grande tentation. Celle d'aimer si fort le sceau de cristal qu'il serait capable de le broyer dans sa main.

Cette main magnétique et virile qui avait dirigé comme personne Mozart, Bach et Berlioz, que laissait-elle hormis le souvenir, aussi fragile que le sceau de cristal, d'une interprétation jugée, sur le moment, géniale et unique ? Parce que le maestro n'avait jamais permis que l'on enregistrât aucune de ses prestations. Il refusait, disait-il, d'être « mis en conserve comme une sardine ». Ses cérémonies musicales seraient vivantes, seulement vivantes, inreproductibles, aussi profondes que l'expérience de ceux qui les avaient écoutées ; aussi volatiles que la mémoire de ces mêmes auditeurs. Si bien qu'il *exigeait* de ceux qui l'aimaient de se *souvenir* de lui.

Le sceau de cristal était à l'image du grand rite orchestral présidé par le grand prêtre qui l'ordonnait et y mettait fin avec ce mélange incandescent de volonté, d'imagination et de caprice. L'interprétation de l'œuvre est, au moment de l'exécution, l'œuvre même : pendant qu'on l'interprète, *La Damnation de Faust* de Berlioz est l'œuvre même. L'image est conforme à la chose. Le sceau de cristal était à la fois la chose et son image, les deux strictement identiques.

Il se regardait dans la glace, y cherchant en vain quelque trace du jeune chef d'orchestre français qui, dès le début de la guerre, rompant avec les séductions fascistes de son pays occupé, était parti pour Londres pour y diriger sous les bombes de la *Luftwaffe*, comme un défi lancé par la culture ancestrale de l'Europe à la bête de l'Apocalypse, la barbarie aux aguets qui pouvait peut-être se déplacer dans les airs, mais qui, sur terre, était incapable de se tenir debout, ne sachant que se traîner le ventre collé au sol, les mamelles trempées de sang et de merde.

Alors émergeait la raison profonde de l'emplacement de l'objet dans le salon salzbourgeois où sa vieillesse avait cherché refuge. Il le reconnaissait avec un frisson d'excitation et de honte. Il avait envie de tenir le sceau dans sa main et de le serrer jusqu'à ce qu'il entende le crissement des morceaux éclatés, le tenir comme il aurait voulu la tenir, elle, dans ses bras, la serrer jusqu'à suffocation, lui communiquer une urgence en feu, lui faire sentir que dans son amour, l'amour avec lui, pour elle et pour lui, il y avait une violence latente, un danger de destruction qui était l'ultime hommage de la passion à la beauté. Aimer Inés, l'aimer à mort.

Il lâcha le sceau, par peur inconsciente. L'objet roula un instant sur la table. Le vieil homme le rattrapa avec un mélange de peur et de tendresse, émotion aussi forte que celle que lui procuraient ces sauts sans parachute au-dessus du désert de l'Arizona qu'il regardait parfois, fasciné, à la télévision qu'il détestait tant et qui était la honte passive de sa vieillesse. Il replaça le sceau sur son petit trépied. Le sceau n'était pas l'œuf de Colomb qui pouvait tenir, à l'instar du monde, sur une base légèrement aplatie. Sans soutien, le sceau roulerait, tomberait, se briserait...

Il resta en profonde contemplation devant l'objet jusqu'à ce que Frau Ulrike — la Dicke — fasse son entrée avec le manteau déployé dans les mains.

Elle n'était pas si grosse, mais elle avait la démarche lourde, comme si, au lieu de les porter, elle traînait ses vastes habits traditionnels (jupe sur jupe, tablier, épais bas de laine, châle sur châle, comme si elle était habitée par le froid). Elle avait les cheveux blancs, sans que l'on pût deviner de quelle couleur ils avaient été dans sa jeunesse. Tout — la tenue du corps, la démarche douloureuse, la tête baissée — faisait oublier qu'Ulrike avait été jeune, elle aussi, un jour.

— Monsieur le Professeur, vous allez arriver en retard. Souvenez-vous que c'est en votre honneur.

— Je n'ai pas besoin de manteau. On est en été.

— Monsieur, vous aurez désormais *toujours* besoin d'un manteau.

— Tu es une tyranne, Ulrike.

— Ne faites pas de manières. Appelez-moi Dicke comme tout le monde.

— Tu sais, Dicke, être vieux est un crime. Tu peux finir sans identité ni dignité dans un asile, en compagnie d'autre vieillards aussi stupides et démunis que toi.

Il la regarda avec affection.

— Merci de t'occuper de moi, ma Grosse.

— Quand je vous dis que vous êtes un vieux sentimental ridicule, feignit de gronder la gouvernante tout en s'assurant que le manteau tombait bien sur les épaules de son éminent professeur.

— Bah, quelle importance comment je vais habillé dans un théâtre qui fut une étable de la Cour.

— La représentation a lieu en votre honneur.

— Que vais-je entendre ?

— Comment ça, Monsieur ?

— Que vont-ils jouer, parbleu.

— *La Damnation de Faust*, c'est ce qui est écrit dans le programme.

— C'est fou ce que je perds la mémoire.

— Mais non, mais non, nous avons tous nos petites distractions, surtout les génies, dit-elle en riant.

Le vieil homme jeta un dernier coup d'œil à la sphère de cristal avant de sortir dans le crépuscule de la Salzach. Il allait se rendre à pied, d'un pas encore assuré, sans avoir besoin de canne, jusqu'à la salle de concert, le Festspielhaus, tandis que dans sa tête bourdonnait un souvenir volontaire : une position se mesure au nombre de gens que le chef a sous ses ordres, car c'est ce qu'il était, un chef, il ne devait pas l'oublier un seul instant, un chef orgueilleux et solitaire qui ne dépendait de personne, c'est pour cela qu'il avait refusé qu'on vienne le chercher à son domicile, malgré ses quatre-vingt-douze ans. Il marcherait seul et sans appui, *thanks but no thanks*, il était le chef, pas le « directeur », ni le « conducteur », mais le *chef d'orchestre*, l'expression française était celle qui lui convenait le mieux, *chef* — il ne fallait pas que la Grosse entende ce mot, elle le prendrait pour un fou qui veut se consacrer à la cuisine sur ses vieux jours séniles. Saurait-il, du reste, expliquer à sa gouvernante que diriger un orchestre, c'est comme avancer sur le fil du rasoir, profiter du besoin qu'éprouvent certains hommes d'appartenir à un corps, d'être membres d'un ensemble, ce qui leur donne un sentiment de liberté parce qu'ils reçoivent des ordres au lieu d'avoir à en donner aux autres ou à eux-mêmes. Combien de personnes dirigez-vous ? Mesure-t-on une situation au nombre de gens que l'on commande ?

Il n'empêche, songea-t-il en dirigeant ses pas vers le Festspielhaus, Montaigne avait raison. Si haut que l'on soit assis, on n'est jamais assis plus haut que son cul. Il y avait des forces que personne, aucun être humain du moins, ne pouvait maîtriser. Il se rendait à une représentation du *Faust* de Berlioz et il savait depuis toujours que

30

l'œuvre avait échappé, aussi bien à son auteur, Hector Berlioz, qu'à son chef d'orchestre, Gabriel Atlan-Ferrara, pour s'installer dans un territoire autonome où l'œuvre se définissait elle-même comme « belle, étrange, sauvage, convulsive et douloureuse », maîtresse de son propre univers et de ses propres signifiants, ayant supplanté tant l'auteur que l'interprète.

Le sceau, qui n'appartenait qu'à lui, suppléait-il à la fascinante et troublante indépendance de la cantate musicale ?

Le maestro Atlan-Ferrara lui jeta un dernier coup d'œil avant de se rendre à l'hommage que lui rendait le festival de Salzbourg.

Le sceau, toujours si cristallin, se trouva subitement maculé par une sécrétion.

Une forme opaque, malpropre, pyramidale, pareille à un obélisque brunâtre, commençait à croître à partir du centre, jusque-là diaphane, du cristal.

Ce fut la dernière image qu'il emporta avant de sortir pour assister à la représentation de *La Damnation de Faust* d'Hector Berlioz qu'on donnait en son honneur.

Ce n'était peut-être qu'une erreur de perception, un mirage pervers dans le désert de sa vieillesse.

À son retour, ce trône sombre aurait disparu.

Comme un nuage.

Comme un mauvais rêve.

Comme si elle devinait les pensées de son maître, Ulrike le regarda s'éloigner le long des quais et ne bougea pas de son poste devant la fenêtre jusqu'à ce que la silhouette d'une stature encore noble, malgré son épais manteau en plein été, eût atteint un point que la gouvernante estima sans retour, c'est-à-dire sans que la fidèle servante eût à craindre d'être dérangée dans son intention secrète.

Ulrike prit alors le sceau de cristal et le posa au milieu de son tablier déployé. Rassemblant les pans d'une main ferme, elle s'assura que l'objet était bien enveloppé dans l'étoffe et défit les attaches du tablier de son autre main, experte, professionnelle.

Elle se dirigea vers la cuisine et là, sans plus attendre, déposa le sceau enveloppé dans le tablier sur la table non cirée, tachée de sang d'animaux comestibles et, se saisissant d'un rouleau à pâtisserie, se mit à frapper comme une furie.

Le visage de la servante devint tout rouge et grimaçant, ses yeux exorbités fixaient l'objet de sa rage comme pour s'assurer qu'il se réduisait bien en miettes sous la force sauvage du bras large et puissant de la Dicke, dont les nattes menaçaient de s'effondrer en une cascade de cheveux gris.

— Canaille, canaille, canaille ! — laissait-elle échapper en un diapason de hauteur croissante jusqu'au cri, râpeux, sauvage, convulsif, douloureux...

2

Criez, hurlez d'épouvante, hurlez comme l'ouragan, criez comme les forêts profondes, que les rochers croulent, que les torrents se précipitent, hurlez de peur parce qu'en cet instant vous voyez passer dans l'air les chevaux noirs, les cloches s'apaisent, le soleil s'éteint, les chiens gémissent, le Diable s'est emparé du monde, les squelettes sont sortis de leurs tombes pour saluer le passage des sombres coursiers de la malédiction. Il pleut du sang ! Les chevaux sont prompts comme la pensée, inattendus comme la mort, c'est la bête qui nous a toujours poursuivis, depuis le berceau, le spectre qui frappe la nuit à notre porte, l'animal invisible qui gratte à notre fenêtre, criez tous comme s'il y allait de votre vie ! AU SECOURS ! vous implorez la Sainte Marie tout en sachant au fond de vous que ni elle ni personne ne peut vous sauver, vous êtes tous condamnés, la bête nous pourchasse, il pleut du sang, les ailes des oiseaux de nuit nous fouettent le visage, Méphistophélès a empoisonné le monde et, vous, vous chantez comme dans une opérette de Gilbert and Sullivan... ! Comprenez donc : vous chantez le *Faust* de Berlioz, pas pour plaire, pas pour impressionner, pas même pour émouvoir ; vous chantez pour semer l'effroi ; vous êtes un chœur d'oiseaux de mauvais augure qui annonce : on vient nous détruire notre nid, on vient nous arracher les yeux, nous dévorer la langue, alors vous répondez, avec l'ultime espoir de la peur, vous hurlez *Sancta Maria, ora pro nobis*, ce territoire nous appartient et celui qui approchera, nous lui arracherons les yeux, nous lui dévorerons la langue, nous lui couperons les couilles, nous lui ferons sortir la matière grise par l'occiput, nous le découperons en morceaux, nous jetterons les tripes aux hyènes, le cœur aux lions, les poumons aux corbeaux, les reins aux sangliers et l'anus aux rats ! hurlez ! hurlez votre terreur et votre agressivité à la fois, défendez-vous, le Diable n'est pas un seul, c'est sa ruse, il prend la forme de Méphisto, mais il est collectif, le Diable est un *nous* impitoyable, une hydre sans pitié et sans bornes, le Diable est pareil à l'univers même, Lucifer n'a ni commencement ni fin, voilà ce que vous devez communiquer, vous devez comprendre l'incompréhensible, Lucifer est l'infini tombé sur Terre, c'est l'exilé du ciel dans un rocher tombé de l'immensité universelle, tel fut le châtiment divin, tu seras infini et immortel sur la Terre finie et mortelle, mais vous, vous ce soir sur la scène de Covent Garden, vous devez chanter comme si vous étiez les alliés de Dieu abandonnés par Dieu, vous devez hurler comme vous aimeriez entendre Dieu hurler parce que son éphèbe favori, son ange de lumière, l'a trahi et que Dieu, entre rire et larmes — quel mélodrame que la Bible ! —, a offert le Diable au monde afin que dans la pierre de la finitude se représente la tragédie de l'infini étheré. Vous devez chanter comme les témoins de Dieu et du Démon, *Sancta Maria, ora pro nobis*, criez *Has, has, Méphisto* ! faites fuir le Diable, *Sancta Maria, ora pro nobis*, que le cor résonne, que les cloches sonnent, qu'on reconnaisse le métal, la multitude mortelle approche, soyez un chœur, soyez aussi une multitude, une légion qui avance pour vaincre de sa voix le fracas des bombes, nous répétons lumières éteintes, c'est la nuit sur Londres et la *Luftwaffe* bombarde sans interruption, essaim après essaim d'oiseaux noirs qui font jaillir le sang, la grande chevauchée des coursiers du Diable dans le ciel noir, les ailes du Malin nous frappent le visage, vous le sentez ! C'est ça que je veux entendre : un chœur de voix qui supplante le bruit des bombes, ni plus ni moins, Berlioz le mérite, n'oubliez pas que je suis français, chantez jusqu'à faire taire les bombes de Satan, je n'aurai de cesse que de l'avoir obtenu, vous m'entendez ? tant que les bombes du dehors supplanteront les voix du dedans, nous continuerons, *allez vous faire foutre, mesdames et messieurs**[1], jusqu'à ce que nous tombions de fatigue, jusqu'à ce que la bombe fatidique tombe sur la salle de concert et que nous soyons effectivement foutus, réduits en bouillie, jusqu'à ce que nous ayons, ensemble, remplacé la cacophonie de la guerre par l'harmo-

1. Les mots ou phrases en italique suivis d'un astérisque sont en français dans le texte.

nie furieuse de Berlioz, l'artiste qui ne veut gagner aucune guerre, qui veut seulement nous entraîner avec Faust en enfer parce que nous, toi, toi, toi, et moi aussi, nous avons vendu notre âme collective au Démon, alors chantez comme des bêtes sauvages qui se voient pour la première fois dans un miroir et ne savent pas que ce sont elles-mêmes qu'elles voient ! hurlez comme le spectre qui s'ignore, comme le reflet ennemi, criez comme si vous découvriez que l'image de chacun dans le miroir de ma musique était celle de l'ennemi le plus féroce, non pas l'Antéchrist, mais l'anti-moi, l'anti-père et l'anti-mère, l'anti-fils et l'anti-amant, la créature aux ongles crasseux de merde et de pus qui voudrait nous mettre la main au cul et dans la bouche, dans les oreilles et dans les yeux, nous ouvrir le canal occipital pour nous infecter le cerveau et dévorer nos songes ; hurlez comme les bêtes perdues dans la jungle qui doivent hurler afin que les autres bêtes les reconnaissent à distance, criez comme les oiseaux pour épouvanter l'adversaire qui veut nous arracher notre nid... !

— Regardez le monstre que vous ne pouviez imaginer, le frère, le membre de la famille qui, une nuit, ouvre la porte pour nous violer, nous assassiner, mettre le feu au foyer commun...

À ce point des répétitions nocturnes de *La Damnation de Faust* d'Hector Berlioz, en ce 28 décembre 1940 à Londres, Gabriel Atlan-Ferrara avait envie de fermer les yeux et d'éprouver le sentiment à la fois d'épuisement et de sérénité que donne la certitude du travail acccompli, malgré la fatigue : la musique coulerait, autonome, jusqu'aux oreilles du public, en dépit du pouvoir autoritaire du chef : le pouvoir de se faire obéir. Il suffisait d'un geste pour imposer son autorité. La main pointée vers les percussions pour qu'elles s'apprêtent à annoncer l'arrivée en Enfer ; vers le violoncelle pour qu'il baisse le ton jusqu'au murmure de l'amour ; vers le violon pour qu'il réagisse subitement ; vers le cor pour obtenir une dissonance audacieuse...

Il avait envie de fermer les yeux pour sentir le flot de la musique pareil à un grand fleuve qui l'emmènerait loin de là, loin du contexte précis de cette salle de concert un soir de *blitz* à Londres, avec les bombes allemandes qui pleuvaient sans discontinuer tandis que l'orchestre et le chœur de *monsieur** Berlioz battaient le Feldmarschall Göring, attaquaient le Führer en personne au moyen de la terrible beauté de l'horreur, lui lançant, ton horreur est horrible, elle manque de grandeur, c'est une horreur misérable parce qu'elle ne comprend pas, qu'elle ne pourra jamais comprendre, que l'immortalité, la vie, la mort et le péché sont des miroirs de notre grande âme intérieure, et non de ton pouvoir extérieur, cruel mais passager... Faust pose un masque inconnu sur le visage de l'homme qui la méconnaît, mais qui finit par l'adopter. Telle est sa victoire. Faust pénètre dans le territoire du Diable comme s'il retournait au passé, au mythe perdu, à la terre de l'effroi originel, œuvre de l'homme, non de Dieu ni du Diable, Faust gagne sur Méphisto parce qu'il est maître de la terreur terrestre, atterrée, déterrée, enterrée, désenterrée :

la terre humaine dans laquelle Faust, en dépit de sa méchante défaite, ne cesse de se lire...

Le maestro avait envie de fermer les yeux pour se plonger dans ses pensées, se raconter tout cela pour ne faire qu'un avec Berlioz, avec l'orchestre, avec le chœur, avec la musique collective de cet incomparable hymne au pouvoir démoniaque de l'être humain lorsque l'homme découvre que le Diable n'est pas une incarnation singulière — *has, has, Méphisto* — mais une hydre collective — *hop, hop, hop*. Atlan-Ferrara aurait voulu renoncer — ou du moins croire qu'il renonçait — à ce pouvoir autoritaire qui faisait de lui, le jeune et déjà éminent chef d'orchestre européen « Gabriel Atlan-Ferrara », le dictateur inévitable d'un ensemble fluide, collectif, se débarrasser de la vanité ou de l'orgueil dont on pourrait le taxer, lavé du péché de Lucifer : sur la scène du théâtre, Atlan-Ferrara était un petit dieu qui sacrifiait ses pouvoirs sur l'autel d'un art qui ne lui apparte- nait pas — ou pas à lui seul —, étant avant tout l'œuvre d'un créateur nommé Hector Berlioz ; lui, Atlan-Ferrara n'étant que le conduit, le con- ducteur, l'interprète de Berlioz, ayant cependant autorité sur les interprètes soumis à son pouvoir. Le chœur, les solistes, l'orchestre.

La limite, c'était le public. L'artiste était à la merci de l'auditoire. Celui-ci pouvait être igno- rant, vulgaire, distrait ou perspicace, intelligent ou fermé à la nouveauté, comme le public qui n'avait pas supporté la Deuxième Symphonie de Beethoven, condamnée par un éminent criti- que viennois de l'époque qui l'avait qualifiée de « monstre vulgaire qui bat furieusement de la

queue jusqu'au *finale* si désespérément attendu »...
Et un autre éminent critique, français celui-là,
n'avait-il déclaré dans *La Revue des Deux Mondes*
que le *Faust* de Berlioz était une œuvre pleine de
vulgarité et de sons étranges émis par un compositeur « incapable d'écrire pour la voix humaine » ?
C'est à juste titre, se dit Atlan-Ferrara avec un
soupir, que nulle part au monde il n'existe de
monument érigé à la mémoire d'un quelconque
critique littéraire ou musical...

Placé comme il l'était en équilibre précaire
entre deux créations — celle du compositeur et
celle du chef d'orchestre —, Gabriel Atlan-Ferrara avait envie de se laisser conduire par la
beauté dissonante de cet Enfer à la fois si dési-
rable et si redoutable que représentait la cantate
d'Hector Berlioz. La condition de maintien de cet
équilibre — et, par conséquent, de la tranquillité
d'esprit du chef d'orchestre — était que chacun
reste à sa place. Surtout, dans *La Damnation de
Faust*, la voix devait être collective afin de souli-
gner la fatalité de la faute individuelle du héros
et sa damnation.

Mais en cette nuit de *blitz* à Londres qu'est-ce
qui empêchait Atlan-Ferrara de fermer les yeux
et de mouvoir les mains au rythme des cadences
à la fois classiques et romantiques, savantes et
sauvages, de la composition de Berlioz ?

C'était cette femme.

Cette cantatrice dressée au milieu du chœur
agenouillé au pied d'une croix, *Sancta Maria, ora
pro nobis, Sancta Magdalena, ora pro nobis*, à
genoux elle aussi comme les autres, et pourtant
dressée, majestueuse, différente, séparée du chœur

par une voix aussi noire que ses yeux sans paupières et aussi électrique que sa chevelure rousse,
frisée comme une houle de distractions éner-
vantes, magnétiques, qui rompait l'unité de l'ensemble parce que au-dessus de l'auréole de soleil
orange que formait sa tête, au-dessus du velours
noir de sa voix, elle se faisait entendre comme un
élément à part, singulier, un élément perturba-
teur qui fragilisait l'équilibre-du-chaos si soigneusement mis au point par Atlan-Ferrara en
cette soirée où les bombes de la *Luftwaffe* incen-
diaient le vieux centre de Londres.

Il n'utilisait pas de baguette. Il interrompit la
répétition d'un coup furieux, inhabituel, du
poing droit sur la main gauche. Un coup si fort
qu'il fit taire tout le monde à l'exception de la
voix lancée, sans insolence mais avec insistance,
de la chanteuse agenouillée et en même temps
dressée au centre de la scène, face à l'autel de
Sancta Maria.

Ora pro nobis résonna, haute et cristalline, la
voix de la femme possédée ou stimulée par le
geste même qui voulait la faire taire — le coup de
poing du chef —, occupant la totalité de l'espace
scénique : haute, vibrante, peau de nacre, chevelure rouge et regard sombre, la cantatrice désobéissait, elle lui désobéissait, autant à lui qu'au
compositeur, car Berlioz non plus n'autorisait
pas de voix solitaire — égolâtre — détachée du
chœur.

Le silence, c'est le fracas du bombardement
qui l'imposa — le *fire bombing* qui incendiait la
ville depuis l'été, phénix sans cesse renaissant de
ses cendres —, sauf qu'il ne s'agissait ni d'un

40

accident ni d'un acte de terrorisme local, mais d'une agression venue de l'extérieur, une pluie de feu, une chevauchée déchirant l'air de ses étriers, comme dans l'acte final du *Faust* ; tout donnait l'impression que l'ouragan des cieux surgissait en fait, tel un séisme éruptif, des entrailles de la ville : les grondements venaient de la terre et non du ciel...

Ce fut le silence troué par la pluie de bombes qui fit exploser Atlan-Ferrara, lequel se déchaîna sans y penser à deux fois, sans attribuer sa colère à ce qui se passait dehors ni à son rapport avec ce qui se passait dedans, mais à la rupture du subtil équilibre musical qu'il voulait imposer — harmoniser le chaos —, par cette voix aérienne et profonde, isolée et souveraine, « noir » velours et « rouge » feu, détachée du chœur de femmes pour s'affirmer, solitaire comme le personnage d'une œuvre qui ne lui appartenait pas en propre, non parce que celle-ci appartenait à Berlioz, ou au chef, ou à l'orchestre, aux solistes ou au chœur, mais parce qu'elle était celle de tous, alors que la voix de la femme, doucement contrariée, proclamait : — La musique est à moi.

On n'est pas chez Puccini et vous n'êtes pas la Tosca, mademoiselle je-ne-sais-quoi ! s'écria le maestro. Pour qui vous prenez-vous ? C'est moi qui suis un taré qui n'arrive pas à se faire comprendre, ou c'est vous qui êtes une débile mentale qui ne comprenez rien ? *Tonnerre de Dieu* !*

Cependant, tout en prononçant ces paroles, Gabriel Atlan-Ferrara se disait que la salle de concert était son territoire et que le succès de la représentation dépendait de la tension entre l'énergie et la volonté du chef d'une part, et l'obéissance et la discipline de l'ensemble des musiciens et des chanteurs qu'il avait sous ses ordres, de l'autre. La femme à la chevelure électrique et à la voix de velours était à elle seule un défi au chef, cette femme était amoureuse de sa propre voix, elle la caressait, en jouissait, et elle la dirigeait elle-même ; cette femme faisait avec sa voix ce que le chef faisait avec l'ensemble : elle la dominait. Elle défiait le chef d'orchestre. Elle lui signifiait, avec son insupportable superbe : une fois sorti d'ici, qui es-tu ? qui es-tu quand tu es descendu de ton estrade ? Et lui, en son for intérieur, demandait à la femme : comment peux-tu avoir le culot de montrer la singularité de ta voix et la beauté de ton visage au milieu du chœur ? pourquoi nous manques-tu de respect à ce point ? qui es-tu ?

Le maestro Atlan-Ferrara ferma les yeux. Il se sentit envahi par une pulsion insurmontable. Il fut pris du désir presque sauvage de haïr et de mépriser la femme qui lui brisait la fusion parfaite de la musique et du rite, essentielle dans l'opéra de Berlioz. Mais, en même temps, il était fasciné par la voix qu'il avait entendue. Il fermait les yeux, croyant entrer dans la transe émerveillée suscitée par la musique, alors qu'en réalité c'était pour mieux isoler la voix féminine, rebelle et inconsciente ; cela il ne le savait pas encore. Il ne savait pas non plus si ces sentiments le poussaient à la faire sienne, à s'approprier la voix de cette femme.

— Il est interdit de rompre l'unité, mademoiselle ! — cria-t-il parce qu'il avait le droit de crier

quand il le voulait pour voir si sa voix tonnante
réussissait à étouffer, à elle seule, le bruit des
bombardements. — C'est comme si vous siffliez
dans une église au moment de la consécration !

— Je croyais que je contribuais à l'œuvre —,
répondit-elle de sa voix de tous les jours, et il se
dit que son timbre normal était encore plus beau
que son timbre de cantatrice. — La variété n'empêche pas l'unité, disait le classique.

— Dans ce cas, elle l'empêche, tonna le maestro.

— C'est votre problème, répliqua-t-elle.

Atlan-Ferrara réprima l'impulsion de la mettre
à la porte sur-le-champ. Ce serait une preuve de
faiblesse, non d'autorité. Cela apparaîtrait comme
une vulgaire vengeance, une petite rage infantile.
Ou pire encore...

— Un amour dédaigné —, se dit Gabriel Atlan-
Ferrara avec un sourire, puis il haussa les épaules, laissant tomber ses bras d'un air résigné au
milieu des rires et des applaudissements de l'orchestre, des solistes et du chœur.

— *Rien à faire* !* laissa-t-il échapper.

Dans sa loge, torse nu, tandis qu'il se séchait
avec une serviette le cou, le visage, la poitrine et
les aisselles, Gabriel se regarda dans la glace et
succomba à la vanité de se savoir jeune, l'un des
plus jeunes chefs d'orchestre du monde, ayant
à peine passé la trentaine. Il admira un instant
son profil d'aigle, ses cheveux noirs et frisés, la
bouche sensuelle. Le teint gitan, basané, digne
de ses patronymes à la fois méditerranéen et
centre-européen. Il allait à présent revêtir un
chandail noir à col roulé et un pantalon de

velours sombre, puis il enfilerait la cape espagnole qui lui donnerait l'air désinvolte d'un kob, cette antilope véloce des prairies préhistoriques, orné d'un collier d'argent qui resplendirait comme la blanche fraise d'un hidalgo espagnol...

Cependant, en se regardant pour s'admirer (et se séduire lui-même) dans le miroir, il ne vit pas sa propre image vaniteuse, mais celle de la femme, cette femme si particulière qui avait l'audace d'affirmer son individualité au centre de l'univers musical d'Hector Berlioz et de Gabriel Atlan-Ferrara.

C'était une image impossible. Ou peut-être seulement difficile. Il le reconnut. Il avait envie de la revoir. L'idée l'angoissa et le poursuivit tandis qu'il sortait dans la nuit de la *Blitzkrieg* menée sur Londres par les Allemands, ce n'était pas la première guerre, ce n'était pas la première terreur imposée par l'éternel combat de l'homme-loup-pour-l'homme, mais en se frayant un passage parmi les gens qui faisaient la queue pour descendre dans les abris au milieu du mugissement des sirènes, il se dit que les files de fonctionnaires enrhumés, de serveuses fatiguées, de mères portant des bébés, de vieillards accrochés à leur thermos, d'enfants traînant des couvertures, tous ces êtres las, les yeux rougis, les traits creusés par le manque de sommeil, étaient uniques, ils n'appartenaient pas à « l'histoire » des guerres, mais à l'actualité spécifique de *cette* guerre-là. Qu'était-il, lui, dans une ville où mille cinq cents personnes pouvaient être tuées en une seule nuit ? Qu'était-il dans un Londres où les commerces bombardés affichaient des pancartes proclamant BUSINESS AS USUAL ? Qu'était-il, lui, sortant du théâtre dans Bow Street hérissée de sacs de sable, si ce n'est une figure pathétique, prise entre la terreur d'une pluie de verre brisé par suite de l'éclatement d'une vitrine, le hennissement d'un cheval apeuré par les flammes et l'auréole rougeoyante qui illuminait la ville recroquevillée sur elle-même ?

Il se dirigeait vers son hôtel à Picadilly, le Regent's Palace, où l'attendaient un lit moelleux et l'oubli des voix qu'il allait entendre dans les files qu'il allait traverser.

— Ça ne vaut pas la peine de gaspiller le moindre shilling dans le gazomètre,

— Les Chinois se ressemblent tous, comment tu fais pour les distinguer ?,

— Nous allons dormir ensemble, c'est pas mal,

— Oui, mais à côté de qui ? hier soir, je me suis retrouvé à côté de mon boucher,

— Nous, les Anglais, nous sommes habitués aux châtiments pervers depuis l'école,

— Dieu merci, les enfants sont partis à la campagne,

— Ne te réjouis pas trop vite, ils ont bombardé Southampton, Bristol, Liverpool,

— À Liverpool, il n'y avait même pas de défense antiaérienne, quelle négligence,

— Cette guerre, c'est la faute des Juifs, comme d'habitude,

— Ils ont bombardé la Chambre des communes, l'abbaye de Westminster, la Tour de Londres, ça ne t'étonne pas que ta maison soit encore debout ?,

— Nous savons faire face, camarade, nous savons faire face,

— Et nous savons nous entraider, plus que jamais, camarade,

— Plus que jamais,

— Bonsoir, monsieur Atlan, lui dit le premier violon, enveloppé dans un drap qui n'avait guère de chance de s'opposer au froid de la nuit. Il avait l'air d'un fantôme échappé du *Faust* de Berlioz.

Gabriel inclina la tête d'un geste digne, mais la plus indigne des urgences l'assaillit à ce moment-là. Il avait un besoin pressant d'uriner. Il arrêta un taxi pour hâter le retour à l'hôtel. Le chauffeur lui sourit aimablement.

— Primo, chef, je ne m'y reconnais plus dans la ville. Secundo, les rues sont pleines de verre et les pneus ne poussent pas sur les arbres. Je regrette, chef, il y a trop de destruction là où vous voulez aller.

Il choisit la première ruelle parmi les nombreuses qui s'entrecroisent entre Brewer's Yard et St. Martin's Lane, ruelles emplies d'odeur de frites, d'agneau rôti au saindoux et de vieil œuf. La ville exhalait de manière persistante un souffle aigre et mélancolique.

Il déboutonna son pantalon, sortit sa verge et urina avec un soupir de plaisir.

Le rire chantant lui fit tourner la tête et lui paralysa le flux.

Elle le regardait d'un air affectueux, amusé, attentif. Elle se tenait debout à l'entrée de la ruelle, et elle riait.

— *Sancta Maria, ora pro nobis !* — se mit-elle soudain à hurler sur le ton terrifié de quelqu'un qui est poursuivi par une bête sauvage, le visage frappé par l'aile de grands oiseaux de nuit, les oreilles percées par le galop des chevaux à travers les airs dont il pleut du sang...

Elle avait peur. Londres, avec ses stations de métro, était incontestablement un endroit plus sûr que la campagne avec ses intempéries.

— Pourquoi envoient-ils leurs enfants à la campagne, alors ? demanda Gabriel tout en conduisant à toute vitesse la MG jaune à la capote baissée en dépit du vent et du froid.

Elle ne se plaignait pas. Elle avait noué un foulard de soie autour de sa tête rousse afin que ses cheveux ne lui fouettent pas la figure comme ces oiseaux noirs de l'opéra de Berlioz. Le maestro pouvait dire ce qu'il voulait, mais en s'éloignant de la capitale en direction de la mer, ne se rapprochaient-ils pas de la France, de l'Europe occupée par Hitler ?

— Souviens-toi de « La Lettre volée » d'Edgar Poe. La meilleure façon de se cacher, c'est de se montrer. Si l'on nous cherche en pensant que nous avons disparu, on ne nous trouvera jamais à l'endroit le plus évident.

Elle ne faisait pas crédit aux propos du chef d'orchestre qui conduisait la décapotable à deux places avec la même vigueur et la même concentration tranquille qu'il mettait à diriger l'ensemble musical, comme s'il voulait clamer aux quatre vents qu'il était aussi un homme pratique et pas seulement « *a long haired musician* », comme on les appelait dans le monde anglo-américain : c'est-à-dire un distrait, quasiment un simple d'esprit.

Elle cessa de prêter attention à la vitesse, à la route, à la peur, pour s'intéresser à l'environnement et se laisser pénétrer par une plénitude qui donnait raison à Gabriel Atlan-Ferrara (« la nature perdure tandis que la ville se meurt ») et la poussait à livrer ses sens aux vergers qui s'étendaient en contrebas, aux bosquets, à l'odeur de feuilles mortes et à la brume qui s'égouttait des plantes à feuilles persistantes. Elle fut saisie par le sentiment qu'une sève puissante comme un immense fleuve sans commencement ni fin, invincible et nourricier, coulait sans se préoccuper de la folie criminelle que seul l'être humain introduit dans la nature.

— Tu entends les chouettes ?

— Non, le moteur fait trop de bruit.

Gabriel rit.

— On reconnaît un bon musicien à ce qu'il est capable d'écouter plusieurs choses en même temps et d'accorder son *attention* à chacune d'elles.

Il fallait qu'elle entende les chouettes. Celles-ci étaient non seulement les sentinelles nocturnes de la campagne, mais ses plus fidèles ouvrières.

— Tu savais que les chouettes attrapent plus de souris que n'importe quelle souricière ? affirma, plus que n'interrogea, Gabriel.

— Alors pourquoi Cléopâtre a-t-elle amené ses chats du Nil à Rome... ? répliqua-t-elle d'un ton uni.

Elle se dit que cela vaudrait peut-être la peine, quand même, d'avoir des chouettes à la maison en guise de bonnes zélées. Mais comment dormir avec le hululement perpétuel de cet oiseau de nuit ?

Elle préféra se plonger, durant le voyage de Londres jusqu'au bord de mer, dans la contemplation de la pleine lune qui brillait de tout son éclat cette nuit-là, comme pour venir en aide à l'aviation allemande dans ses incursions. La lune n'était plus désormais un objet romantique. Elle était le phare de la *Luftwaffe*. La guerre changeait le temps de toutes choses, mais la lune persistait à compter le passage des heures et celles-ci n'en restaient pas moins du temps, voire temps du temps, mère des heures... S'il n'y avait pas de lune, la nuit serait vide. Grâce à la lune, la nuit se profilait tel un monument. Un renard argenté traversa la route, plus rapide que l'automobile.

Gabriel freina et se félicita de la course du renard et de la lumière de la lune. Un vent doux soufflait son murmure sur la lande de Durnover, berçant légèrement les mélèzes au tronc droit et mince dont les branches molles à feuilles vert-de-gris semblaient pointer vers la superbe construction du cirque lunaire de Casterbridge.

Gabriel déclara à sa compagne que la lune et le renard s'étaient donné le mot pour arrêter la vitesse aveugle de l'automobile et les inviter — il descendit, ouvrit la portière, lui offrit la main — à arriver ensemble au colisée abandonné par les Romains au milieu du désert britannique, abandonné par les légions d'Hadrien, laissant derrière elles les bêtes et les gladiateurs qui périrent oubliés dans les caves du cirque de Casterbridge.

— Tu entends le vent ? demanda le maestro.

— À peine, répondit-elle.

— L'endroit te plaît ?

— Il me surprend. Je n'imaginais pas qu'il existait un endroit pareil en Angleterre.

— Nous pourrions aller un peu plus loin, au nord de Casterbridge, jusqu'à Stonehenge, un vaste site préhistorique, qui remonte à plus de cinq mille ans, au centre duquel s'élèvent alternativement des piliers et des obélisques de grès et de cuivre. Cela ressemble à une forteresse des origines. Tu entends ?

— Pardon ?

— Tu entends le lieu ?

— Non. Dis-moi comment.

— Tu veux être cantatrice, une grande cantatrice ?

Elle ne répondit pas.

— La musique est l'image du monde sans corps. Regarde ce cirque romain de Casterbridge. Imagine les cercles millénaires de Stonehenge. La musique ne peut les reproduire parce que la musique ne copie pas le monde. Écoute le parfait silence de la plaine, et si tu tends bien l'oreille, le Colisée deviendra pour toi la caisse de résonance d'un lieu intemporel. Quand je dirige une œuvre comme le *Faust* de Berlioz, je renonce, je t'assure, à mesurer le temps. La musique me procure tout le temps dont j'ai besoin. Je n'ai que faire des calendriers.

Il la regarda de ses yeux noirs et farouches à cette heure, et il fut surpris de voir que la lune rendait transparentes les paupières de la jeune femme qui l'écoutait en silence.

Il approcha ses lèvres de celles de la jeune femme ; elle ne le repoussa pas, mais ne l'accueillit pas non plus.

Il avait loué la maison — le *cottage*, plutôt — dès avant la guerre, depuis qu'on l'avait invité à diriger des concerts en Angleterre. La décision s'était révélée opportune — le chef se fendit d'un large sourire —, bien que personne ne pût prévoir la rapidité avec laquelle la France s'avouerait vaincue.

C'était une de ces maisonnettes courantes sur la côte. Étroite, à un étage et toit à deux pentes, une cuisine, une salle à manger et un salon en bas, deux chambres et une salle de bains en haut. Et le grenier ?

— C'est l'une des chambres qui me sert de grenier, dit Gabriel en souriant. Un musicien traîne après lui une montagne de choses. Je ne suis pas vieux, mais j'ai accumulé un capharnaüm de partitions, de notes, de croquis, de dessins de costumes, de scénographies, de livres de référence, que sais-je encore...

Il la regarda sans ciller.

— Je peux dormir dans le salon.

Elle allait hausser les épaules, mais la vision de l'escalier l'arrêta. Il était si raide qu'il ressemblait plutôt à une échelle qu'on aurait escaladée non seulement avec les pieds, mais avec les mains, barreau après barreau — comme un lierre, comme un animal, comme un singe.

Elle détourna les yeux.

— Comme tu voudras.

Il garda le silence, puis il déclara qu'il était tard, qu'il y avait des œufs dans la cuisine, du chorizo, du café, peut-être un morceau de pain rassis et une tranche de cheddar encore plus dure.

— Non —, répondit-elle ; elle avait envie de voir la mer au plus vite.

— Il n'y a pas grand-chose à voir —, il ne perdait à aucun moment son sourire affable, toujours mêlé d'une pointe d'ironie cependant. — La côte par ici est plate et sans caractère. La beauté de la région, on la trouve à l'intérieur des terres, là où nous sommes passés tout à l'heure. Casterbridge. Le cirque romain. Le murmure du vent léger. Même les parties les plus arides me plaisent, j'aime savoir que derrière moi il y a toute une colonne vertébrale de collines, de carrières de pierre et de siècles d'argile. Tout cela te pousse vers la mer, comme si la force et la beauté de la terre anglaise consistaient à t'attirer vers la mer, à t'éloigner d'une terre jalouse de sa solitude pluvieuse et sombre... Regarde, là, en face, cette île sans arbres, cet îlot rocailleux, imagine le moment où il a surgi de la mer ou s'est séparé de la terre, tu peux calculer non en milliers, mais en millions d'années.

Il pointait de son bras tendu.

— Maintenant, à cause de la guerre, le phare de l'île est éteint. *To the Lighthouse !* Plus de Virginia Woolf, dit Gabriel en riant.

Mais elle avait un autre sentiment de la nuit d'hiver, de la beauté ardente de la campagne glacée et pourtant d'un vert intense, ombreux ; elle appréciait les avenues arborées parce qu'elles la protégeaient de l'air embrasé, de la mort venue du ciel...

— La côte vraiment belle, c'est celle de l'ouest, poursuivit Gabriel. La Cornouaille est elle aussi une lande que la bruyère pousse vers l'océan Atlantique. Ce à quoi on assiste sur cette côte, là-bas, c'est à un combat. La roche pousse vers l'océan et l'océan contre la roche. Comme tu peux l'imaginer, c'est la mer qui gagne au bout du compte, car l'eau est fluide et généreuse, elle donne forme, tandis que la terre est dure et elle déforme, mais la rencontre entre les deux est magnifique. Les murailles de granit s'élèvent jusqu'à trois cents pieds au-dessus de l'océan, elles résistent au puissant assaut de l'Atlantique ; cependant, tout le dessin des falaises est l'œuvre de l'attaque incessante des gigantesques vagues de l'océan. C'est le côté positif.

Gabriel passa un bras autour des épaules de la cantatrice. En cette aube froide face à la mer. Elle ne le repoussa pas.

— La terre oppose à la mer l'ancienneté de ses pierres. Il y a beaucoup de grottes. Le sable est argenté. On dit que les grottes servaient de repaires aux contrebandiers. Mais le sable trahissait leurs pas. Il y a surtout que le climat est très doux et la végétation abondante grâce au courant venu du golfe du Mexique, dont le circuit réchauffe l'Europe.

Elle se tourna vers lui, s'écartant un peu de son étreinte.

— Je suis mexicaine. Je m'appelle Inés. Inés Rosenzweig. Pourquoi ne m'as-tu pas demandé mon nom ?

Gabriel élargit son sourire, mais il lui ajouta un froncement de sourcil.

— Pour moi, tu n'as ni nom ni nationalité.

— Ne me fais pas rire, je t'en prie.

— Excuse-moi. Tu es la chanteuse qui s'est isolée du chœur pour me faire entendre une voix qui est belle, singulière, certes, mais encore un peu sauvage, elle a besoin d'être cultivée...

— Merci. Je ne cherchais pas de sentimentalisme...

— Mais non. Une voix qui a simplement besoin d'être cultivée, à l'instar des landes anglaises.

— Si tu voyais les étendues de broussailles piquantes au Mexique, dit Inés en se dégageant sans façon.

— Quoi qu'il en soit, reprit Gabriel, une femme sans nom, un être anonyme qui m'a croisé un soir dans ma vie. Une femme sans âge.

— Romantique, va !

— Et qui m'a vu uriner dans une ruelle.

Ils éclatèrent de rire tous les deux. Elle se calma la première.

— Une femme qu'on emmène passer un week-end et qu'on oublie le lundi matin, suggéra Inés en ôtant son foulard pour laisser le vent souffler dans sa chevelure rousse.

— Pas du tout, répliqua Gabriel en la prenant dans ses bras. Une femme qui entre dans ma vie, pareille à ma vie, à l'image de ma façon de vivre...

Que voulait-il dire ? Ses paroles l'intriguaient, c'est pourquoi elle garda le silence.

Ils prirent le café dans la cuisine. Le jour était lent à se lever, comme serait courte la journée de décembre. Inés commença à remarquer l'aspect des lieux, la simplicité des murs de brique crue, chaulée. Quelques livres dans le salon — principalement des classiques français, un peu de littérature italienne, quelques éditions de Leopardi, des poètes d'Europe centrale. Un canapé défoncé. Un rocking-chair. Une cheminée et, sur l'étagère, une photo de Gabriel très jeune, adolescent, pas plus de vingt ans en tout cas, un bras autour des épaules d'un autre garçon, son exact contraire, très blond, le sourire franc, sans mystère. C'était l'image d'une camaraderie affirmée, à la fois solennelle et fière d'elle-même, de cette fierté de deux êtres qui se rencontrent et se reconnaissent dans leur jeunesse, conscients de leur chance unique de s'accomplir ensemble dans la vie. Jamais séparés. Plus jamais...

Dans le salon il y avait aussi deux tabourets en bois placés à la distance — calcula instinctivement Inés — d'un corps allongé. Gabriel lui expliqua que dans les maisons paysannes anglaises, il y a toujours deux tabourets jumeaux pour servir de support à un cercueil durant la veillée d'un être disparu. Il avait trouvé les deux tabourets en entrant dans la maison et il n'y avait pas touché, il ne les avait pas changés de place, euh, par superstition — il sourit — ou pour ne pas troubler les fantômes des lieux.

— Qui est-ce ? — demanda-t-elle en portant la tasse de café fumante à ses lèvres sans quitter des yeux la photographie, indifférente aux explications folkloriques du maestro.

— Mon frère, répondit simplement Gabriel en levant les yeux des tabourets funèbres.

— Vous ne vous ressemblez absolument pas.

— C'est-à-dire, je dis *frère* comme je pourrais dire *camarade*.

— Les femmes ne se disent jamais *sœurs* ou *camarades* entre elles.

— *Ma chérie, mon amie...*

— Oui. Je suppose que je ne dois pas insister. Excuse-moi. Je ne veux pas être indiscrète.

— Non, non. C'est simplement que mes paroles ont un prix, Inés. Si tu veux — tu n'insistes pas, tu as seulement envie, n'est-ce pas ? — que je parle de moi, il faudra que tu me parles de toi.

— D'accord.

Elle rit, amusée de la façon dont Gabriel retournait les choses.

Le jeune maestro balaya du regard son cottage du bord de mer si dépourvu de luxe et déclara que, s'il ne tenait qu'à lui, il n'aurait pas un seul meuble, pas un seul ustensile. Dans les maisons vides, on n'entend que les échos : si nous savons les écouter, on entend monter les voix. Il venait ici — il fixa sur Inés un regard intense — pour écouter la voix de son frère...

— Ton frère ?

— Oui, parce qu'il était avant tout mon compagnon. Compagnon, frère, *ceci*, *cela**, quelle différence...

— Où est-il ?

Gabriel baissa les yeux. Son regard se perdit, même.

— Je ne sais pas. Il a toujours aimé les longues absences mystérieuses.

— Tu n'as aucune nouvelle de lui ?

— Si.

— Alors tu sais où il est.

— Les lettres ne comportent ni date ni lieu.

— D'où arrivent-elles ?

— Moi je l'ai laissé en France. C'est pour ça que j'ai choisi cet endroit.

— Qui te les apporte ?

— D'ici, je suis plus près de la France. Je vois la côte normande.

— Qu'est-ce qu'il te dit dans ses lettres ? Pardon... je sens que tu ne m'as pas autorisée à ...

— Mais si, mais si, ne t'en fais pas. Tu sais, il aime évoquer des souvenirs de notre adolescence. Il se rappelle, je ne sais pas, par exemple qu'il m'enviait quand j'emmenais danser la plus jolie fille et que je la faisais virevolter sur la piste. Il avoue qu'il était jaloux ; être jaloux c'est donner de l'importance à la personne qu'on voudrait pour soi tout seul ; la jalousie, Inés, pas l'envie, l'envie est l'impuissance faite poison : on voudrait être un autre. La jalousie est généreuse, on voudrait que l'autre vous appartienne.

— Comment était-il ? Il ne dansait pas ?

— Non. Il préférait me regarder danser pour me dire ensuite qu'il était jaloux. Il était comme ça. Il vivait à travers moi et je vivais à travers lui. Il y avait entre nous ce lien de camaraderie, tu sais, que le monde comprend mal et essaie toujours de rompre, de séparer au moyen du travail, de l'ambition, des femmes, des habitudes que chacun acquiert de son côté... L'histoire.

— Il est peut-être bien qu'il en soit ainsi, maestro.

— Gabriel.

— Gabriel. Peut-être que si la merveilleuse camaraderie de la jeunesse se prolongeait, elle perdrait de son aura.

— La nostalgie qui la soutient, tu veux dire.

— Quelque chose comme ça, maestro... Gabriel.

— Et toi Inés ? demanda Atlan-Ferrara en changeant brusquement de sujet.

— Rien de spécial. Je m'appelle Inés Rosenzweig. Mon oncle est diplomate mexicain à Londres. Quand j'étais petite, déjà, tout le monde disait que j'avais une belle voix. Je suis entrée au conservatoire de Mexico ; maintenant je suis à Londres —, elle rit, — et je sème le désordre dans le chœur de *La Damnation de Faust* et je donne des coliques au jeune et célèbre chef d'orchestre Gabriel Atlan-Ferrara.

Elle leva sa tasse de café comme s'il s'agissait d'une coupe de champagne. Elle se brûla les doigts. Elle faillit demander au maestro :

— Qui t'apporte les lettres ?

Mais Gabriel parla avant elle.

— Tu n'as pas de fiancé ? Tu n'as laissé personne à Mexico ?

Inés répondit par la négative d'un mouvement de tête qui secoua sa chevelure couleur cerise. Elle frotta discrètement ses doigts échaudés contre sa jupe à hauteur de la cuisse. Le soleil ascendant avait l'air de tenir un dialogue rival avec l'auréole de la jeune femme. Cependant, celle-ci ne quittait pas des yeux la photo de Gabriel en compagnie de son frère-camarade. C'était un très beau garçon, aussi différent de Gabriel que peut l'être un canari d'un corbeau.

— Comment s'appelait-il ?

— S'appelle, Inés. Il n'est pas mort. Il a seulement disparu.

— Mais tu reçois des lettres de lui. D'où viennent-elles ? L'Europe est isolée ...

— On dirait que tu aimerais le connaître...

— Évidemment. Il est intéressant. Et très beau.

Une beauté nordique si radicalement différente du caractère latin de Gabriel — était-il sympathique ou simplement impressionnant ? frère ? camarade ? La question cessa de préoccuper Inés. Il était impossible de voir la photo du jeune homme sans éprouver quelque chose, amour, inquiétude, désir sexuel, intimité peut-être, ou un certain dédain glacé... Indifférence, non. Les yeux clairs comme deux lacs jamais effleurés par aucun bateau, les cheveux blonds et lisses comme l'aile d'un héron cendré, le buste svelte et ferme ne pouvaient laisser indifférent.

Les deux garçons étaient torse nu, mais la photo s'arrêtait au niveau du ventre. Le buste du jeune homme blond était à l'image des traits sculptés au point qu'une taille de plus du nez effilé, des lèvres minces ou des pommettes glabres les aurait brisés, ou effacés.

Le jeune homme sans nom attirait l'*attention*, se dit Inés en ce petit matin. L'amour qu'exigeait le frère ou camarade était un amour *attentif*. Ne rien rater. Ne pas se laisser distraire. Être présent à lui parce qu'il était présent à toi.

— C'est cela que t'inspire cette photo ?

— À vrai dire, ce n'est pas la photo. C'est lui.

— J'y suis aussi. Il n'est pas seul.

— Mais toi, tu es là, à côté de moi. Tu n'as pas besoin de photo.

— Et lui ?

— Lui n'est que son image. Je n'ai jamais vu un homme aussi beau.

— J'ignore où il est, conclut Gabriel en la regardant d'un air mécontent et une sorte d'orgueil mêlé de honte. Tu peux aussi bien penser que c'est moi qui écris les lettres. Qu'elles ne viennent de nulle part. Mais ne sois pas surprise s'il réapparaît un jour.

Inès refusa de se laisser impressionner et ne manifesta aucun étonnement. Une chose était sûre, avec Gabriel Atlan-Ferrara, la règle consistait à trouver que tout était toujours normal, quelles que soient les circonstances, sauf quand il s'agissait de création musicale. Ce n'est pas elle qui alimenterait le feu de sa création, ce n'est pas elle qui se moquerait de lui après être entrée sans frapper dans l'unique salle de bains — la porte était entrouverte, elle ne violait aucun tabou — et l'avoir surpris planté devant la glace tel un paon capable de reconnaître son image. Il éclata de rire, un rire forcé, tandis qu'il se coiffait rapidement, expliquant avec un haussement d'épaules dédaigneux :

— Je suis le fils d'une mère italienne. Je cultive la *bella figura*. Mais ne t'inquiète pas. C'est pour épater les autres hommes, pas les femmes. C'est le secret de l'Italie.

Elle n'avait sur elle qu'un peignoir de coton hâtivement fourré dans la petite valise de week-end. Lui était complètement nu ; il s'approcha d'elle, excité, et l'enlaça. Inès se détourna.

— Excuse-moi, maestro, tu crois que je t'ai suivi ici comme une femelle qui répond à l'appel sexuel du mâle ?

— Prends la chambre, je t'en prie.

— Non, le canapé du salon me convient très bien.

Inés rêva que la maison était pleine d'araignées et de portes fermées. Elle voulait échapper au rêve, mais le sang giclait des murs et l'empêchait de passer. Il n'y avait aucune porte ouverte. Des mains invisibles longeaient les murs, rat-tat-tat, rat-tat-tat... Elle se souvint que les hiboux mangent les souris. Elle réussit à sortir du rêve, mais elle ne pouvait plus le distinguer de la réalité. Elle se vit approcher du bord d'une falaise et remarqua que son ombre se projetait sur le sable argenté. Sauf que c'était l'ombre qui la regardait, elle, l'obligeant à retourner en courant vers la maison ; elle passa par une roseraie où une petite fille, qui berçait un animal mort, lui sourit de ses dents parfaitement alignées mais maculées de sang, et qui la suivit du regard, elle, Inés. L'animal était un renard argenté qui venait d'être créé par la main de Dieu.

Lorsqu'elle se réveilla, Gabriel Atlan-Ferrara était assis à ses côtés, la regardant dormir.

— On pense mieux dans l'obscurité, déclara-t-il d'une voix normale, si normale qu'elle avait l'air artificielle. Malebranche ne pouvait écrire que les rideaux tirés. Démocrite s'arracha les yeux pour être un véritable philosophe. Ce n'est que lorsqu'il devint aveugle qu'Homère put voir la mer couleur de vin. Et ce n'est que lorsqu'il eut perdu la vue que Milton reconnut la figure d'Adam émergeant de la glaise et demandant à Dieu : Rends-moi à la poussière d'où tu m'as tiré.

Il lissa ses sourcils noirs en broussaille.

— Personne n'a demandé à être mis au monde, Inés.

Après un frugal déjeuner composé d'œufs et de chorizo, ils allèrent se promener le long de la mer. Lui en pull-over à col roulé et pantalon de velours côtelé, elle en tailleur de laine épaisse et foulard sur la tête. Il commença par plaisanter en disant que c'était un pays idéal pour la chasse ; si l'on scrute attentivement, on devine le vol des oiseaux côtiers avec leur long bec fait pour préle-ver la nourriture ; si l'on regarde vers la terre, on voit passer le coq de bruyère parti en quête de son repas, la perdrix aux pattes rouges ou le mince et sévère faisan ; les canards sauvages et les canards bleus... quant à moi, je ne peux t'of-frir, comme dit Don Quichotte, que « chagrin et affliction ».

Il lui demanda pardon pour la nuit précédente. Il voulait qu'elle le comprenne. Le problème de l'artiste, c'est qu'il ne sait pas très bien distinguer entre ce qui est considéré comme la normalité quotidienne et la *créativité* qui, pour lui, est éga-lement quotidienne, et non exceptionnelle. On sait que l'artiste qui attend l'arrivée de l'« inspira-tion » peut attendre jusqu'à la fin de ses jours en regardant passer les coqs de bruyère en face d'un œuf au plat et d'un morceau de chorizo. Pour lui, Gabriel Atlan-Ferrara, le monde était vivant à chaque instant et dans toute chose. Du caillou à l'étoile.

Inés contemplait, l'œil hypnotiquement attiré, l'île qu'on apercevait très lointainement, à l'horizon marin. La lune avait tardé à se coucher ; elle était toujours exactement à la même place, au-dessus de leur tête.

— Tu as déjà vu la lune en plein jour ? demanda Gabriel.

— Oui, répondit-elle sans sourire. Souvent.

— Sais-tu pourquoi la marée est si haute ce matin ? — elle hocha la tête négativement. — Parce que la lune se trouve exactement au-dessus de nous, à l'apogée de son magnétisme. La lune parcourt deux fois l'orbite autour de la terre toutes les vingt-quatre heures et cinquante minutes. C'est la raison pour laquelle il y a chaque jour deux marées hautes et deux marées basses.

Elle le regarda d'un air amusé, curieux, impertinent, comme pour lui signifier : où veux-tu en venir ?

— Pour diriger une œuvre comme *La Damnation de Faust*, il faut convoquer tous les pouvoirs de la Nature. Il faut avoir présente à l'esprit la nébuleuse de l'origine, il faut imaginer un soleil jumeau du nôtre qui a un jour éclaté et s'est dispersé en formant les planètes, il faut imaginer l'univers entier comme une immense marée sans commencement ni fin, en expansion perpétuelle, il faut avoir pitié du soleil qui dans quelque cinq mille millions d'années se retrouvera orphelin, tout fripé, sans oxygène, tel un ballon d'enfant dégonflé...

Il parlait comme s'il dirigeait un orchestre, convoquant des puissances acoustiques d'un seul bras tendu, le poing serré.

— Il faut enfermer l'opéra dans une nébuleuse qui cache un objet invisible du dehors, la musique de Berlioz, chanter du centre lumineux d'une galaxie grise qui ne révélera sa lumière qu'à travers la lumière émanant du chant, de l'orchestre, de la main du chef... De toi, de moi.

Il observa un moment de silence, puis il se tourna, souriant, vers Inés.

— Chaque fois que la marée monte ou descend en ce point où nous nous trouvons sur la côte anglaise, Inés, la marée monte ou descend en un point exactement opposé du globe. Je me demande, tu sais, si, de même que la marée monte et descend ponctuellement en deux points opposés de la terre, le temps apparaît et disparaît aussi ? l'histoire ne se reflète-t-elle dans le miroir symétrique du temps que pour disparaître et réapparaître de manière aléatoire ?

Elle ramassa avec agilité un caillou qu'elle lança d'un mouvement preste et tranchant, flèche et dague, en direction de l'eau.

— Et si parfois je me sens triste, qu'importe qu'il n'y ait pas de joie en moi s'il y en a dans l'univers ? Écoute la mer, Inés, écoute-la avec la même oreille que la musique que je dirige et que tu chantes. Entendons-nous la même chose que le pêcheur ou la fille qui sert des verres au bar ? Sans doute pas, car le pêcheur doit savoir comment dérober sa proie à l'oiseau matinal, et la serveuse comment refuser de donner à boire au client qui a déjà son plein d'alcool. Non, car toi et moi devons savoir reconnaître le silence dans la beauté de la nature, lequel ressemble à un coup de tonnerre si on le compare au silence de Dieu, qui est le véritable silence...

Il lança lui aussi un petit caillou dans l'eau.

— La musique se situe à mi-chemin entre la nature et Dieu. Avec un peu de chance, elle les fait communiquer. Et nous, les musiciens, en exerçant notre art, nous faisons office d'intermédiaires entre Dieu et la nature. Tu m'écoutes ? Tu as l'air bien loin. À quoi penses-tu ? Regarde-moi. Ne regarde pas si loin. Il n'y a rien là-bas.

— Il y a une île plongée dans la brume.

— Il n'y a rien.

— Je la vois pour la première fois. C'est comme si elle avait surgi pendant la nuit.

— Rien.

— Il y a la France, en tout cas, finit par déclarer Inés. Tu me le disais toi-même hier. Tu vis ici parce que d'ici on voit les côtes françaises. Mais je ne connais pas la France. Quand je suis arrivée ici, la France s'était déjà rendue aux Allemands. Qu'est-ce que c'est la France ?

— C'est la patrie, répondit Gabriel sans broncher. Et la patrie c'est la loyauté ou la déloyauté. Je joue Berlioz parce que Berlioz est un fait culturel qui justifie le fait territorial nommé *France*.

— Et ton frère, ton camarade ?

— Il a disparu.

— Il n'est pas en France ?

— C'est possible. Tu sais, Inés, quand on ne sait rien de l'être qu'on aime, on peut l'imaginer dans n'importe quelle situation.

— Non, ce n'est pas mon avis. Quand on connaît quelqu'un, on sait à peu près dans quel éventail de situations il peut se trouver. Le chien ne mange pas du chien, le dauphin ne tue pas de dauphin...

— C'était un garçon très tranquille. Il me suffit de penser à sa sérénité pour savoir que c'est ce qui l'a détruit. Sa béatitude. Sa sérénité.

Il rit.

— Mes intempérances sont peut-être une réaction inévitable au danger que représentent les anges.

— Tu ne me diras jamais son nom ?

— Disons qu'il s'appelait Scholom, ou Salomon, ou Lomas, ou Solar. Donne-lui le nom que tu veux. L'important chez lui, ce n'était pas le nom, mais l'instinct. Tu comprends ? Moi j'ai transformé mon instinct en art. Je veux que la musique parle pour moi, alors que je sais parfaitement que la musique ne parle que d'elle-même, même quand elle exige que nous entrions en elle pour devenir cette musique. Nous ne pouvons la voir de l'extérieur, parce que dans ce cas nous n'existerions pas pour la musique...

— Lui, parle-moi de lui, s'impatienta Inés.

— Lui, Louis. N'importe quel nom lui convient —, Gabriel adressa un large sourire à la jeune fille agacée. — Il réprimait sans cesse ses instincts. Il examinait scrupuleusement ce qu'il venait de faire ou de dire. C'est pourquoi il est impossible de connaître son destin. Il était mal à l'aise dans le monde moderne qui l'obligeait à réfléchir, à s'arrêter, à observer la prudence d'un survivant. Je crois qu'il aspirait à un monde naturel, libre, sans règles oppressantes. Je lui disais qu'un tel monde n'avait jamais existé. La liberté dont il rêvait était la quête de la liberté. Une chose que l'on n'atteint jamais ; c'est le fait de se battre pour elle qui rend libre.

— N'y a-t-il pas de destin sans instinct ?

— Non. Sans instinct tu peux être beau, mais tu seras aussi immobile qu'une statue.

— Le contraire de ta personnalité.

— Je ne sais pas. D'où vient l'inspiration, l'énergie, *l'image* inattendue pour pouvoir chanter, composer, diriger ? Tu le sais, toi ?

— Non.

Gabriel écarquilla les yeux, mimant un étonnement moqueur.

— Et moi qui ai toujours cru que les femmes naissaient avec plus d'expérience innée qu'un homme ne peut en acquérir pendant toute sa vie.

— C'est ça qu'on appelle l'instinct ? demanda Inés un peu apaisée.

— Mais non ! s'exclama Gabriel. Je t'assure qu'un chef d'orchestre a besoin de quelque chose de plus que de l'instinct. Il lui faut plus de personnalité, plus de force, plus de discipline, précisément parce qu'il n'est pas un créateur.

— Et ton frère ? insista Inés, sans plus craindre le soupçon interdit.

— *Il est ailleurs**, répondit sèchement Gabriel.

Cette affirmation ouvrit à Inés un horizon de libres suppositions. Elle garda pour elle la plus secrète, la beauté physique du jeune homme. Elle énonça la plus évidente, la France, la guerre perdue, l'occupation allemande...

— Héros ou traître, Gabriel ? S'il est resté en France...

— Héros, assurément. Il était trop noble, trop entier, il ne pensait pas à lui, il ne pensait qu'à servir... Même s'il ne devait résister qu'en ne bougeant pas.

— Alors tu peux l'imaginer mort.

— Non, je l'imagine prisonnier. Je préfère penser qu'on l'a mis en prison, oui. Tu sais, quand nous étions petits, nous adorions jouer avec des mappemondes et des globes terrestres pour nous disputer aux dés la possession du Canada, de l'Espagne ou de la Chine. Quand l'un de nous gagnait un territoire, il se mettait à pousser des cris, tu sais, comme ces hurlements que je vous demandais de pousser dans *La Damnation* hier, on criait comme des animaux, comme ces singes qui délimitent leur territoire par des cris qui servent aussi à indiquer où ils se trouvent aux autres singes de la forêt. Je suis ici. Ceci est ma terre. Ceci est mon espace.

— L'espace d'un frère peut donc être une cellule.

— Ou une cage. Je l'imagine parfois enfermé dans une cage. Plus encore. Il m'arrive d'imaginer qu'il a lui-même choisi sa cage, qu'il y trouve sa liberté.

Les yeux sombres de Gabriel se perdirent de l'autre côté de la Manche.

La mer se retirait peu à peu sur ses frontières abandonnées. L'après-midi était grise et glacée. Inés se reprocha de ne pas avoir emporté d'écharpe.

— J'espère que tel un animal captif, mon frère défend son espace, je veux dire le territoire français et sa culture. Contre l'ennemi étranger et diabolique qu'est l'Allemagne nazie.

68

Des oiseaux d'hiver passèrent dans le ciel. Gabriel les regarda avec curiosité.

— Je me demande de qui les oiseaux apprennent à chanter. De leurs parents ? Ou ne sont-ils dotés que d'instincts désorganisés ? N'héritent-ils en réalité de rien et doivent-ils tout apprendre ?

Il l'enlaça de nouveau, violemment cette fois, avec une violence désagréable qu'elle éprouva comme une férocité de mâle, une volonté de ne pas la rendre vive au poulailler... Le pire est qu'il dissimulait. Il masquait son appétit sexuel sous ses emportements artistiques et ses émotions fraternelles.

— On peut tout imaginer. Où est-il parti ? Qu'est-ce qu'il est devenu ? Il était le plus brillant. Beaucoup plus que moi. Pourquoi le succès a-t-il été pour moi, tandis qu'il sombrait dans l'échec ?

Gabriel serrait Inés de plus en plus fort, il rapprochait son corps, mais en évitant le visage, les lèvres, il posa finalement les siennes contre son oreille.

— Inés, je te raconte tout ça pour que tu m'aimes. Il faut que tu comprennes. Il existe. Tu as vu sa photo. C'est la preuve qu'il existe. J'ai vu tes yeux quand tu regardais la photo. Cet homme te plaît. Tu le désires. Sauf qu'il n'est pas là. Celui qui est là c'est moi. Inés, je te dis tout ça pour que tu...

Elle s'écarta de lui tranquillement, dissimulant son dégoût. Il ne la retint pas.

— S'il était là, le traiterais-tu comme tu me traites, Inés ? Lequel des deux aurait ta préférence ?

— Je ne sais même pas son nom.

— Scholom, je te l'ai déjà dit.

— Cesse d'inventer des histoires, lança Inés sans plus cacher le goût amer que lui occasionnait la situation. Vraiment, tu exagères. Par moments, je doute que les hommes nous aiment réellement, ce qui leur plaît c'est de rivaliser entre eux, de se supplanter... Vous n'avez pas encore enlevé votre peinture de guerre. Scholom, Salomon, Solar, Louis... Tu exagères.

— Imagine, Inés —, Gabriel Atlan-Ferrara devenait décidément insistant, — imagine que tu te jettes du haut d'une falaise de quatre cents pieds au-dessus de la mer, tu serais morte avant de toucher l'eau...

— As-tu été tout ce qu'il ne pouvait pas être ? Ou est-ce lui qui a été ce que tu n'as pas pu être ? rétorqua Inés d'un ton rageur, livrée à son instinct.

Gabriel avait le poing serré par l'émotion intense qui l'animait autant que la colère. Inés lui ouvrit la main de force et déposa un objet dans sa paume. C'était un sceau de cristal portant des inscriptions illisibles et qui émettait sa propre lumière...

— Je l'ai trouvé dans le grenier, dit Inés. J'ai eu l'impression qu'il ne t'appartenait pas. C'est pourquoi je me permets de te l'offrir. Le cadeau d'une invitée malhonnête. Je suis entrée dans le grenier. J'ai vu les photos.

— Inés, les photos mentent parfois. Qu'arrive-t-il à une photo avec le temps ? Tu ne crois pas qu'une photographie vit et meurt ?

70

— En effet. Avec le temps, notre portrait finit par mentir. Il ne nous représente plus.

— Comment te vois-tu ?

— Je me vois vierge —, elle eut un rire gêné. — Fille de famille. Mexicaine. Petite-bourgeoise. Immature. En apprentissage. Cherchant ma voix. Aussi je ne comprends pas pourquoi les souvenirs m'assaillent quand je m'y attends le moins. C'est peut-être parce que j'ai la mémoire courte. Mon oncle diplomate disait toujours que la plupart des choses ne restent pas en mémoire plus de sept secondes ou le temps de prononcer sept mots.

— Tes parents ne t'ont rien enseigné ? Ou plutôt, que t'ont appris tes parents ?

— Ils sont morts quand j'avais sept ans.

— Pour moi, le passé est un autre lieu, dit Gabriel en fixant d'un regard intense l'autre rive de la Manche.

— Moi je n'ai rien à oublier —, elle fit un geste des bras qui ne lui était pas habituel, qu'elle ressentit comme étranger, — mais j'éprouve le besoin de laisser le passé derrière moi.

— Moi, c'est le futur que j'ai parfois envie de laisser derrière moi.

Le sable étouffe ses pas.

Il la quitta brusquement, sans prévenir, l'abandonnant, par temps de guerre, sur une côte solitaire.

Gabriel s'en retourna en courant par le bois de Yarbury et la lande de Durnover ; il s'arrêta sur un plateau carré et terreux devant la rivière

Froom. De là, on ne voyait plus la côte. L'espace formait comme une frontière protectrice, une délimitation sans clôture, un asile sans toit, une ruine déserte, sans obélisque ni colonnes de pierre. Le ciel d'Angleterre est animé d'une telle vélocité qu'on peut s'immobiliser en ayant l'impression d'avancer aussi vite que le ciel.

Ce n'est qu'une fois réfugié dans cet endroit qu'il put se dire qu'il n'avait jamais su apprécier la distance entre la facilité abjecte et la pureté absolue d'une femme. Il voulait se faire pardonner. Inés garderait de lui le souvenir d'un homme toujours dans la méprise, quoi qu'il fasse... Il la désirait, c'était évident ; mais il lui était tout aussi évident qu'il devait la quitter. Il ne pouvait que souhaiter de ne pas rester dans la mémoire d'Inés comme un lâche ou un traître. Qu'elle ne voie pas en Atlan-Ferrara l'incarnation de l'autre, le camarade, le frère, celui qui était *ailleurs*... Il pria pour que l'intelligence de la jeune Mexicaine, si supérieure à l'idée qu'elle semblait s'en faire, sût toujours distinguer entre lui et l'autre, parce que lui était dans le monde d'aujourd'hui, contraint de remplir ses obligations, de voyager, de donner des ordres, tandis que l'autre était libre, il avait le choix, il pouvait réellement s'occuper d'elle. L'aimer, peut-être même aller jusque-là, l'aimer... Il était ailleurs. Gabriel était là.

Et pourtant, peut-être vit-elle en Gabriel ce que lui-même avait vu en elle : un chemin vers l'inconnu. Dans un suprême effort de lucidité, Atlan-Ferrara comprit pourquoi lui et Inés ne devaient jamais s'unir sexuellement. Elle l'avait repoussé parce qu'elle avait vu une autre femme dans les yeux de Gabriel. En même temps, il savait qu'elle aussi regardait un autre que lui. Mais n'était-il possible que, étant tous deux esclaves du temps, chacun fût à la fois lui-même et un autre aux yeux de l'autre ?

— Je ne prendrai pas la place de mon frère, se dit Gabriel en démarrant en direction de la capitale en proie aux flammes.

Il avait un goût amer dans la bouche. Il murmura :

— Tout a l'air préparé pour des adieux. Le chemin, la mer, le souvenir, les tabourets de la mort, le sceau de cristal.

Il rit :

— Une scène pour Inés.

Inés n'essaya pas de rentrer à Londres. Elle ne reviendrait plus aux répétitions de *La Damnation de Faust*. Quelque chose la retenait en ce lieu, comme si elle était vouée à habiter la maison face à la mer. Elle se promena le long de la plage et elle eut peur. Elle assista à un combat d'oiseaux d'hiver soudain apparus dans le ciel. Les oiseaux sauvages se disputaient quelque chose avec une rage ancestrale, une chose invisible aux yeux d'Inés, mais qui, manifestement, valait la peine de se battre à mort.

Le spectacle la remplit d'effroi. Le vent désorganisait ses pensées. Elle avait l'impression d'avoir la tête comme du verre fendu.

La mer lui faisait peur. Ses souvenirs lui faisaient peur.

L'île, dont les lignes se dessinaient de plus en plus nettement entre la côte d'Angleterre et celle de France, sous un ciel sans coupole, lui faisait peur.

Entreprendre le retour sur une route déserte, plus solitaire que jamais, lui faisait peur ; la rumeur des bois était plus effrayante que le silence de la tombe.

Quelle étrange sensation que de marcher le long de la mer aux côtés d'un homme ; attirés l'un vers l'autre, intimidés l'un par l'autre... Gabriel était parti, mais la nostalgie qu'il avait semée en elle persistait. La France, le beau jeune homme blond, la France et le jeune homme confondus dans la nostalgie que Gabriel pouvait exprimer ouvertement. Pas elle. Elle lui en voulait. Atlan-Ferrara avait semé en elle l'image de l'inaccessible. Un homme qu'elle désirerait désormais, mais qu'elle ne connaîtrait jamais. Atlan-Ferrara, lui, l'avait connu. Le visage du beau jeune homme blond était son legs. Une terre perdue. Une terre interdite.

Elle sentit d'instinct que la séparation était irrémédiable. Entre elle et Atlan-Ferrara s'élevait un interdit. Ni lui ni elle ne voulait l'enfreindre. Méditant, seule sur le chemin du retour vers la maison de la plage, Inés éprouva la violence de cet interdit. Elle se sentait prise au piège entre deux frontières temporelles qu'aucun des deux ne voulait violer.

Elle pénétra dans la maison et, là, elle entendit craquer les escaliers, comme si quelqu'un montait et descendait sans cesse, avec impatience, sans oser se montrer.

Elle s'allongea, toute raide, entre les deux tabourets funèbres, aussi rigide qu'un cadavre, la tête posée sur l'un, les pieds sur l'autre, avec, posée sur sa poitrine, la photo des deux amis, camarades, frères, signée *À Gabriel, avec toute mon affection*. Sauf que le beau jeune homme blond avait disparu de la photographie. Il n'était plus là. Gabriel, le torse nu et le bras tendu, était seul, son bras ne reposait plus sur rien. Sur ses paupières transparentes, Inés posa deux sceaux de cristal.

Il n'était pas si difficile, après tout, de se tenir allongée, rigide comme un cadavre, entre deux tabourets funèbres, enterrée sous une montagne de rêve.

3

Tu t'arrêteras face à la mer. Tu ne sauras pas comment tu es arrivée jusque-là. Tu ne sauras pas ce que tu dois faire. Tu te tâteras le corps et tu le sentiras gluant, enduit des pieds à la tête d'une matière visqueuse qui te barbouillera le visage. Tu ne pourras pas l'enlever car tes mains seront elles aussi poisseuses. Tes cheveux seront un nid emmêlé, collés de terre qui te coulera sur les yeux jusqu'à t'aveugler.

Tu te réveilleras prise entre les branches d'un arbre, les genoux au niveau de la figure et les mains sur les oreilles pour ne pas entendre les cris aigus du singe capucin qui tuera à coups de gourdin le serpent qui ne parviendra jamais à grimper jusqu'aux frondaisons où tu te caches. Le capucin fera ce que tu aurais voulu faire toi-même. Tuer le serpent. Le serpent ne t'empêchera plus de descendre de l'arbre. Mais la force avec laquelle le singe tuera la bête te fera aussi peur, si ce n'est plus, que la menace que celle-ci représentait.

Tu ne sauras pas depuis combien de temps tu vis là, seule sous les coupoles de la forêt. Ce seront des notions que tu ne percevras pas bien. Tu te tiendras la tête chaque fois que tu voudras dissocier la menace du serpent de la violence avec laquelle le singe le tuera, mais cela ne tuera pas ta peur. Tu feras un gros effort pour penser qu'il y aura d'abord la menace du serpent, que cela arrivera *avant*, *avant*, que le singe capucin tuera le serpent à coups de gourdin, mais que cela arrivera *après*, *après*.

Puis le singe s'en ira d'un air indifférent, en traînant le gourdin derrière lui, mais en faisant des bruits avec sa bouche et en remuant sa langue couleur saumon. Les saumons remonteront le fleuve, c'est-à-dire qu'ils nageront contre le courant : ce souvenir t'éclairera, tu te sentiras contente parce qu'un instant au moins tu te seras souvenue de quelque chose — même si l'instant d'après, tu croiras n'avoir que rêvé, imaginé, anticipé : les saumons nageront à contre-courant pour donner la vie, déposer leurs œufs, attendre leurs petits... Mais le capucin tuera le serpent, cela est certain, comme il est avéré que le singe fera des bruits avec sa bouche après avoir achevé son œuvre, que le serpent n'émettra qu'un mince sifflement de sa langue bifide, comme il est également avéré que l'animal aux poils hérissés s'approchera du serpent immobile, se mettra à le dépouiller de sa peau couleur de forêt, puis à dévorer sa chair couleur de lune. Il sera temps de descendre de l'arbre. Il n'y aura plus de danger. La forêt te protégera toujours. Tu pourras toujours revenir là et te cacher dans ces futaies si denses, où le soleil ne pénètre jamais...

Le soleil...

La lune...

Tu t'efforceras de prononcer les mots qui désignent ce que tu vois. Les mots sont comme un cercle de mouvements sans surprise, dépourvu de centre. Le moment où la forêt sera égale à elle-même, se couvrira d'obscurité, où seule la sphère changeante aux tons de sanglier réussira à percer quelques branches. Et cet autre moment où la forêt s'emplira de rayons pareils aux ailes rapides des oiseaux.

Tu fermeras les yeux afin de mieux écouter les seuls sons qui te tiendront compagnie si tu continues à vivre dans la forêt, le murmure des oiseaux et le sifflement des serpents, le silence minutieux des insectes et le bavardage des singes. Les redoutables irruptions des sangliers et des porcs-épics en quête de restes à manger.

Tu quitteras ton refuge à regret, tu franchiras la frontière du fleuve qui sépare la forêt du monde plat, inconnu, duquel tu approches, mue par un sentiment qui n'est ni la peur, ni l'ennui, ni le soulagement, mais le désir de reconnaître ce qui t'entoure, sans perdre l'absence d'avant ou d'après, toi qui n'existeras toujours que maintenant, maintenant, maintenant...

Toi qui traverseras à la nage le fleuve turbulent et fangeux, te lavant de la seconde peau de feuilles mortes et de champignons affamés qui t'aura recouverte pendant que tu vivais perchée dans l'arbre. Tu sortiras de l'eau barbouillée de la boue grise de la berge à laquelle tu devras t'agripper avec l'énergie du désespoir afin de te hisser de l'autre côté, luttant contre le tremblement de la terre et la puissance du fleuve jusqu'à ce que tu te retrouves enfin, épuisée de fatigue, à quatre pattes sur la rive où tu t'effondreras, sombrant dans le sommeil sans même t'être relevée.

Les secousses de la terre te réveilleront.

Tu chercheras où te cacher.

Il n'y aura rien sous le ciel sans lumière, le ciel pareil à un toit uni et opaque de pierre irradiante. Il n'y aura rien d'autre que la plaine devant, le fleuve derrière, la forêt de l'autre côté du fleuve et dans la plaine le troupeau de gigantesques quadrupèdes laineux qui feront résonner la terre de leurs sabots, dispersant les troupeaux de bêtes à cornes saisies d'effroi, déconcertées, qui céderont le passage aux aurochs jusqu'à ce que la terre se calme, que l'obscurité tombe et que la plaine s'endorme.

Cette fois tu seras réveillée par l'activité incessante de la petite créature, laide, munie d'un museau pointu, qui fouille le sol à la recherche de bestioles qu'elle avale par sa trompe de musaraigne. Son cri est minuscule, mais d'autres, nombreuses, se joignent à elle, et bientôt se forme une nuée de musaraignes agitées, inquiètes, insatisfaites, augurant d'un nouveau tremblement qui va secouer la plaine.

Les musaraignes iront peut-être se cacher, les bêtes cornues réapparaîtront, tranquilles, affirmant leur présence, parcourant la plaine tout en en délimitant le territoire dont s'approchent d'autres bêtes à cornes qui se feront violemment repousser par le maître du territoire. Éclatera alors une lutte féroce entre l'animal propriétaire et ceux qui lui disputent son terrain. Tu assisteras, tapie, invisible et indifférente à leurs yeux, à ce combat de cornes sanguinolentes et de verges exaltées par le combat jusqu'à ce qu'un seul des animaux se rende maître du territoire, en expulse les autres bêtes ensanglantées, puis dans les espaces voisins, un seul des mâles à grandes cornes et grande verge s'approprie un morceau de territoire dans lequel viendront s'assembler, indolentes et impavides, les femelles de la tribu pour manger de l'herbe et se laisser monter par les mâles victorieux, sans lever la tête ni cesser de ruminer, les mâles écumant, grognant à l'instar du ciel maudit qui les condamnera à combattre sans trêve pour cet instant de jouissance, les femelles silencieuses jusqu'au bout...

Et toi enfin seule dans l'obscurité qui revient, tu pousseras des cris solitaires, comme si le troupeau de bêtes à cornes et leurs femelles occupait encore la plaine vide maintenant, aussi esseulée que toi, tu devineras que tu devras fuir de nouveau, fuir loin de là, craignant sourdement qu'une de ces énormes bêtes à cornes te surprenne en train de manger placidement l'herbe du bord du fleuve et te confonde par ton odeur étrange, ta chevelure rouge et ta marche à quatre pattes...

Plus tard, tu t'arrêteras face à la mer. Tu ne sauras plus quoi faire. Tu te tâteras et tu sentiras ton corps gluant, enduit des pieds à la tête d'une matière visqueuse dont tu ne pourras te débarrasser car tes mains seront elles aussi poisseuses, et tes cheveux seront un nid emmêlé, collés de terre qui te coulera sur les yeux jusqu'à t'aveugler. Tu voudras voir et ne pas voir.

Deux habitants de la mer, longs comme deux fois toi, agitent les flots de leur combat tantôt tourbillonnaire, tantôt mortellement direct quand les deux poissons se serviront de leur pic comme le singe se sera servi d'un gourdin, pour s'attaquer mutuellement de leurs dents effilées. Tu assisteras à la scène.

Tu ne comprendras pas pourquoi ils se battent ainsi. Tu te sentiras seule, abandonnée et triste tandis que tu avanceras le long de la plage caillouteuse et découvriras les petits poissons, identiques aux grands en tout sauf la taille, gisant déchiquetés, avec la marque des dents des grands poissons imprimée dans leur corps sans vie telles les inscriptions — le souvenir t'en reviendra comme un éclair de lumière — pratiquées au silex dans les creux protecteurs de la montagne.

Tu verras les grands poissons se combattre à mort ou s'enfuir à travers les eaux et tu croiras comprendre ces combats, mais pas la mort des petits assassinés par leurs propres parents — tu verras ces derniers attaquer leurs petits à maintes reprises —, abandonnant leurs cadavres sur les plages...

À d'autres moments, tu verras ces mêmes grands poissons blancs s'ébattre joyeusement au milieu des vagues, faire de gigantesques sauts, transformant la mer en vaste terrain de jeux. Tu chercheras un moyen de penser les choses, car tu sentiras que si tu penses tu seras obligée de te souvenir. Il y aura des choses dont tu auras envie

82

de te souvenir, et d'autres que tu voudras ou auras besoin d'oublier.

Oublier, se remémorer ; immobile face à la mer, tu auras du mal à distinguer dans ta tête — tu porteras instinctivement une main à ton front chaque fois que cette pensée te viendra — entre ces deux instances, parce que pour toi, jusque tout récemment, il n'y aura eu ni avant ni après, mais seulement cela, le moment et le lieu où tu te trouveras en train de faire ce que tu devras faire, perdant tous tes souvenirs dès que tu imagineras qu'un jour tu auras un autre âge, tu seras petite comme ces petits poissons morts, tu vivras collée à une mère protectrice, tout cela tu l'oublieras, tu croiras par moments que tout vient d'arriver à l'instant même sur la plage de cailloux, qu'il n'y aura rien ni avant ni après cet instant — tu auras beaucoup de mal à imaginer « avant » ou « après » ; néanmoins, en ce matin brouillé au soleil opaque, tu verras sauter les grands poissons blancs, tu les verras folâtrer dans la mer après avoir tué leurs enfants et les avoir abandonnés sur la plage, et pour la première fois tu te diras cela n'est pas possible, cela ne sera pas, envahie par un sentiment intérieur pareil au mouvement des vagues parmi lesquelles s'amusent les joyeux poissons meurtriers.

Alors quelque chose en toi te poussera à t'agiter sur la plage, à te tordre et te retordre, à lever les bras, fermer les poings, remuer la poitrine, écarter les jambes, t'accroupir comme si tu allais accoucher, uriner, te faire aimer.

Tu pousseras des cris.

Tu pousseras des cris parce que tu sentiras que ce que ton corps cherche à exprimer face à la mer, au jeu des poissons blancs et à la mort des poissons assassinés, sera trop impulsif et violent si tu ne l'extériorises pas d'une façon ou d'une autre. Tu exploseras à l'idée de tout ce qui ne manquera pas de t'arriver — le singe tuera de nouveau le serpent, le serpent sera de nouveau dévoré par le porc-épic, tu descendras de l'arbre et traverseras le fleuve, tu t'endormiras, à bout de souffle, tu te réveilleras au son du fracas de la plaine où se disperseront les troupeaux d'aurochs au poil épais et se battront les bêtes à cornes afin d'établir leur territoire pour y forniquer avec leurs femelles, puis tu te réveilleras face à la mer où tu assisteras au combat des poissons, au meurtre de leurs petits, puis à leurs ébats joyeux — si tu ne cries pas comme l'oiseau que tu ne seras jamais, si tu n'émets pas un chant étrange, jugulaire et guttural, si tu ne cries pas pour proclamer que tu es seule, que ta danse ne te suffit pas, que tu aspires à aller au-delà de la gestuelle pour dire quelque chose, crier quelque chose par-delà tes mouvements spontanés au bord de la mer, que tu veux crier et chanter avec passion pour dire que tu es là, présente, disponible, tu...

Tu resteras longtemps seule, parcourant la terre désolée et craignant que nul être ne te ressemble...

« Longtemps » est une chose difficile à penser, mais lorsque tu prononceras ce mot, tu te verras toujours aux côtés de la femme immobile, en un unique lieu et un unique instant.

Maintenant, dès que tu commenceras à marcher, tu ne sentiras plus aucune présence, cela s'imposera dans ta vie avec la violence d'un abandon brutal, comme si tout ce que tu serais amenée à voir, percevoir ou toucher n'avait pas de réalité.

Il n'y aura plus de femme protectrice. Il n'y aura plus de chaleur. Il n'y aura plus de nourriture.

Tu regarderas alentour.

Il n'y aura que ce qui t'entoure et cela ne sera pas toi, car tu ne verras que ce que tu voudrais redevenir.

Tu retourneras dans la forêt parce que tu auras faim. Tu comprendras que c'est la nécessité qui t'avait poussée hors de la forêt pour chercher de quoi manger, et que c'est maintenant la même nécessité qui te ramène, les mains vides, dans les épaisseurs végétales. Tu ressentiras la soif et tu auras appris que la mer dans laquelle s'ébattront éternellement les poissons joyeux ne calme pas la soif. Tu t'en retourneras au fleuve boueux. En chemin, tu trouveras quelques fruits couleur de sang que tu avaleras en regardant tes mains tachées de rouge. Tu auras conscience de marcher, manger, t'arrêter, dormir en silence.

Tu ne comprendras pas pourquoi tu répètes la danse de la mer, cette gestuelle impétueuse du corps, des hanches, des bras, du cou, des genoux, des ongles...

Qui te verra ? Qui te prêtera attention ? Qui répondra à l'appel angoissé, celui qui finalement sortira de ta gorge lorsque tu te hâteras de replonger dans la forêt, que tu te laisseras griffer par les épines, que tu déboucheras en haletant sur une autre lande, que tu grimperas en courant, attirée par la hauteur d'un pic rocheux, les yeux fermés pour atténuer la durée et la souffrance de l'ascension, puis lorsqu'un cri t'arrêtera, que tu ouvriras les yeux et que tu te verras au bord du précipice ? Le tranchant de la roche et le vide à tes pieds. Un ravin profond et de l'autre côté, sur une haute esplanade calcaire, une silhouette qui te criera quelque chose, agitera les bras en l'air, fera des sauts pour attirer ton attention, te dira par tous les gestes de son corps, mais surtout par la puissance de sa voix, arrête, attention, tu vas tomber...

Il sera nu, aussi nu que toi. Une chose te viendra à l'esprit. Tu auras la vision d'un temps où vous serez tous les deux vêtus, mais pour le moment non, pour le moment c'est la nudité qui vous identifie ; il sera couleur sable, entièrement, sa peau, ses poils, sa tête, un homme pâle qui te lancera, arrête-toi, attention, mais toi tu entendras les sons *è-dé*, *è-mé*, *aider*, *aimer*, et cela se transformera rapidement dans ton regard, ton attitude, ta voix, en quelque chose qu'en cet instant seulement, en répondant aux cris de l'homme de l'autre côté du précipice, tu reconnaîtras en toi-même : il me regarde, je le regarde, je lui adresse des cris, il m'adresse des cris, et s'il n'y avait personne là-bas, là où il se trouve, je n'aurais pas crié comme ça ; j'aurais crié pour faire fuir une bande d'oiseaux noirs, ou par peur d'une bête aux aguets, mais là je crie pour la première fois pour demander quelque chose ou remercier un autre être vivant, qui est à la fois comme moi et différent de moi, je ne crierai plus par nécessité, je crierai par désir, *è-dé, è-mé*, aide-moi, aime-moi...

Tu auras envie de le remercier du cri qui t'a empêché de tomber dans le vide et de t'écraser sur la masse rocheuse au fond du précipice, mais comme ta voix ne portera pas si elle n'est pas criée et que tu ne sauras pas comment appeler l'homme qui t'aura sauvé la vie, tu élèveras la voix, il te faudra parler plus fort que lui pour qu'il puisse t'entendre de l'autre côté du vide ; mais le son qui sortira de ta poitrine, de ta gorge et de ta bouche dans l'intention d'exprimer ta gratitude sera un son que tu n'auras jamais entendu durant toutes ces lunes et tous ces soleils qui se répandent sur toi dès l'instant où tu émets ce son — brisée enfin la pérégrination solitaire grâce à un cri que tu hésiteras à nommer « cri » si l'on entend par ce mot une réaction spontanée à la douleur, à la surprise, à la peur, à la faim...

Un événement imprévu surviendra : désormais, tu n'élèveras plus la voix parce que tu as besoin de quelque chose, mais parce que tu désires quelque chose. Ton cri cessera d'être l'imitation de ce qui parvenait à ton oreille, le murmure des roseaux au bord du fleuve, le bruit des vagues venant se briser sur le rivage, le cri du singe pour indiquer où il se situe, celui de l'oiseau donnant le signal du départ loin du froid, le brame du cerf à la chute des feuilles, les bisons qui changent de peau si le soleil dure trop longtemps, les rhinocéros cachant les replis de la leur, les sangliers dévorant les restes de charognes abandonnés par le lion...

Là-bas et au-delà, tu sauras qu'il répondra par des sons très courts, différents du hululement des oiseaux, du mugissement des aurochs, a, aaaah, o, oooooh, em, emmmm, i, iiiii, mais tu sentiras une chaleur dans ta poitrine, tu commenceras par nommer cela « te sentir plus que lui », puis « pareille à ce qu'il pourrait devenir », tu relies les sons courts a-o, a-em, a-ne, a-nel, ce simple cri par-dessus le vide et les squelettes d'animaux qui gisent au fond du gouffre dans le cimetière de rochers : tu crieras, mais ton cri signifiera déjà autre chose, non plus la nécessité, un sens nouveau, *a-nel*, ce simple cri joint à un geste simple qui consistera à écarter les bras, puis à les réunir sur la poitrine les mains ouvertes avant d'offrir les mains tendues à l'homme de l'autre côté, *a-nel, a-nel*, et de cette voix et de ce geste naîtra une chose nouvelle, tu le sauras, mais tu ne sauras pas la nommer, peut-être qu'avec son aide tu parviendras à mettre un nom sur ce que tu fais...

Tu auras faim et tu cueilleras des petits fruits rouges dans un bois à proximité. Mais lorsque tu reviendras à ta place au bord de la falaise, la nuit sera tombée et tu t'endormiras spontanément, comme tu l'auras fait depuis toujours.

Sauf que cette nuit-là il y aura des apparitions dans ton sommeil dont tu n'avais jamais rêvé auparavant. Une voix te dira : Tu redeviendras.

Au lever du soleil, tu te réveilleras agitée par la peur de le perdre. Tu chercheras la présence de l'homme séparé de toi par l'abîme.

Il sera là, faisant signe du bras haut levé.

Tu lui répondras de la même façon.

Mais il ne criera plus. Il fera ce que tu as fait la veille.

Il modulera la voix pour prononcer *a-nel*, *a-nel*, en te montrant du doigt, puis le doigt pointé sur sa poitrine, il dira avec une force douce, nouvelle, inconnue, *ne-il*, *ne-il*...

Au début, tu ne sauras comment répondre, tu sentiras que la voix ne te suffit pas, tu répéteras les gestes du bord de mer, les contorsions du corps, il te regardera sans t'imiter, il fera un signe étrange, lointain, ou d'éloignement, de désapprobation, il se croisera les bras, énoncera fort, *a-nel*, *a-nel*, tu comprendras, tu cesseras de danser, tu imiteras de ta voix la plus forte mais aussi la plus douce, le chant des oiseaux, le bruit de la mer, le bruissement des arbres, le jeu des singes, le combat des rennes, la course du fleuve ; les sons s'enchaîneront, s'attacheront les uns aux autres comme quelque chose, quelque chose que quelqu'un portera autour du cou, quelque chose, quelqu'un, tu seras la protectrice, l'oubliée, celle qu'on doit retrouver.

A-nel.

Ce sera toi.

Tu répéteras le mot en te disant ce sera moi, et lui dira que ce mot c'est toi.

Il indiquera un chemin, mais sa voix contiendra la tienne d'une voix plus proche de la chair que du sol, dans la voix de l'homme — *ne-il* ? — tu percevras un appel à la voix de la peau.

Un chant charnel. Un chant. Comment désigner cette chose qui ne sera plus simplement un cri ?

Chant.

Ce ne sera plus seulement une voix.

Tu prononceras ces paroles et en cet instant tu laisseras derrière toi les glapissements, les piaillements, les brames, les houles, les tempêtes, les grains de sable.

Lui — *ne-il* ? — dévale les rochers avec un geste de supplication que tu imites, avec des cris incohérents qui dirigeront vos pas, oubliant, dans l'urgence que vous avez de vous rencontrer, les modulations suaves des noms *a-nel* et *ne-il*, revenant involontairement au grognement, au hurlement, au croassement, vous sentirez tous deux dans votre corps le tremblement rapide qui vous poussera à vous mettre en mouvement, à courir afin de hâter la rencontre, vous sentirez aussi que durant la course en vue de cette rencontre si désirée par l'un comme par l'autre, il y aura une régression vers le cri et les gestes d'avant, mais que cela n'aura pas d'importance, que lorsque vous vous direz *a-nel* et *ne-il*, vous aurez également dit *è-dé* et *è-mé*, que c'est cela qui comptera, alors même que vous aurez commis une chose terrible, une chose interdite : vous aurez donné un autre temps à l'instant que vous vivez, et à celui que vous vivrez, vous aurez bouleversé les temps, vous aurez ouvert un champ interdit *à ce que vous avez déjà vécu dans le passé*.

Cette scène te rendra à l'avant et à l'après dont tu gardais la nostalgie. C'est là que tu recréeras l'apparition des bêtes à cornes qui vont délimiter leur territoire propre sous le soleil, de plus en plus haut, parcourant la plaine, se rassemblant en grand nombre jusqu'à ce que le combat éclate

avec force coulées de sueur et de bave couleur de
sel, les yeux en feu, le choc des cornes tandis que
tu te tiens aplatie sur le sol de la plaine, regret-
tant la protection de la forêt, que les bêtes
à cornes se combattent tout le jour jusqu'à ce
qu'il n'en reste qu'autant que tu peux compter
sur les doigts de tes mains, chacun s'étant rendu
maître d'un morceau de plaine.

Cette sensation sera si vive qu'elle se dissipera
aussitôt, comme si sa vérité profonde ne suppor-
tait pas que la réflexion s'y arrête. L'instant vous
poussera à agir, vous mouvoir, crier.

Mais tant l'action violente que le cri désarti-
culé se perdront au moment où, du fond terreux
qui sera comme le lit des deux montagnes qui
vous auront séparés, vous vous regarderez, vous
vous contemplerez, puis chacun poussera des
cris de son côté, avancera de son côté, levant les
bras, imprimant la marque de ses pieds dans la
poussière, puis vous vous accroupirez, vous tra-
cerez tous les deux avec un doigt des cercles dans
la poussière, puis les actes physiques s'épuiseront
et vous vous regarderez au fond des yeux en vous
disant en silence *è-dé*, *è-mé*, nous aurons besoin
l'un de l'autre, nous nous aimerons et nous ne
serons plus jamais les mêmes qu'avant de nous
connaître.

Redeviendra-t-il... ? se hasardera-t-elle à voix
très basse d'abord, puis en élevant la voix jusqu'à
atteindre ce que vous nommerez un jour un
« chant » : *Has, has*...

Il t'offrira alors une pierre de cristal, tu fon-
dras en larmes et tu la porteras à tes lèvres, puis

tu la serreras contre ta poitrine et tu n'arboreras d'autre ornement que celui-là.

Has, has merondor dirikolitz, dira-t-il.

Has, has, fory mi dinikolitz, répondras-tu en chantant.

Maintenant, vous dormirez, épuisés, côte à côte sur le lit de boue au fond du précipice. Il sera allongé, raide, sur le dos, tandis que tu retrouveras la seule véritable position du sommeil, recroquevillée sur toi-même, les genoux près du menton, avec le bras de ne-il étendu pour que tu puisses y poser ta tête.

Le jour naîtra et vous marcherez tous les deux, il te guidera, mais ce ne sera plus comme lorsque tu marchais toute seule. Maintenant ta façon de marcher avant te semblera laide et maladroite ; aux côtés de l'homme, ton corps se déplacera à un autre rythme qui commencera à te paraître plus naturel. Tu retourneras au bord de la mer pour t'apercevoir que tes mouvements redeviennent violents et impétueux, comme si quelque chose en toi voulait éclater, mais la main de ne-il t'apaisera et les sons qui sortiront de ta bouche auront une correspondance sonore avec les nouveaux sentiments qui t'accompagneront grâce au rythme de l'homme.

Vous marcherez ensemble et vous chercherez de l'eau et de la nourriture en silence.

Vous avancerez au hasard, non pas en ligne droite, mais guidés par l'odorat.

Au seuil de la plaine, vous tomberez sur le cadavre d'un cerf au moment où un lion s'éloignera en mâchant encore les doux viscères de l'animal à grandes cornes. Ne-il s'empressera d'arracher ce qui restera du corps dépecé, te faisant des signes pour que tu l'aides à prendre tout ce que le lion impatient a oublié, d'abord les parties grasses encore présentes, puis l'os du dos, un os carré et sec que ne-il serrera contre sa poitrine tandis que vous courrez vous cacher loin de la dépouille juste avant l'apparition du sanglier qui viendra dévorer les restes immangeables du cerf qui vire au rouge par temps de chaleur.

L'os à la main, ne-il te conduira jusqu'à la caverne.

Vous traverserez des prés à hauteur de regard, des rivières aux eaux rapides et mugissantes et des forêts grises avant d'arriver à l'entrée de la pénombre.

Vous traverserez un passage obscur qu'il connaîtra, vous vous arrêterez, ne-il frottera quelque chose dans l'obscurité et il allumera une mèche d'argent suspendue qui jettera une lumière tremblante sur les parois, faisant surgir les figures qu'il te montrera et que tu regarderas en écarquillant les yeux, le cœur battant.

Ce seront les même cerfs que dans la plaine, un couple, mais pas comme tu t'en souviens, le mâle hautain, combatif et possessif, la femelle soumise et indifférente.

Ce seront deux animaux qui s'aimeront face à face, le mâle approchant sa tête de celle de la femelle, celle-ci lui offrant amoureusement son front, lui le lui léchant, le mâle à genoux, la femelle au repos face à lui.

L'image de la caverne t'immobilisera de surprise, a-nel, puis te fera pleurer à la vue d'une chose qui, après t'avoir surprise, t'obligera à penser à quelque chose que tu auras perdu, oublié, dont tu as toujours eu besoin et que tu voudras garder pour toujours, reconnaissante à ne-il de t'avoir menée en ce lieu pour y connaître cet éblouissement devant une chose qui sera si nouvelle pour toi que tu ne pourras l'attribuer aux mains qui s'éloigneront alors des tiennes pour reprendre leur travail.

La graisse arrachée au cerf fera brûler la mèche de l'arbuste épineux.

Elle brûlera lentement, projetant une lumière tremblotante qui fera que les cerfs amoureux auront l'air de s'animer et d'exprimer leur sentiment, sentiment identique, a-nel, à celui qui te pousse étrangement à élever la voix et à chercher les mots et le rythme qui célèbrent, ou reproduisent, ou complètent — tu ne saurais le dire — la peinture que ne-il continuera à tracer et à colorer de ses doigts enduits d'une couleur pareille à celle du sang, pareille au pelage des cerfs.

Tu te sentiras troublée et joyeuse, laissant quelque chose en toi prendre forme dans ta voix, des choses que tu n'auras jamais imaginées, une force neuve qui surgira de ta poitrine, te montera aux lèvres et sortira, résonnante, pour célébrer tout ce qui palpitait en toi sans que tu ne t'en sois jamais doutée.

Ce qui sortira de toi sera un chant dont tu n'imaginais pas l'existence. Ce sera un chant empli de tout ce que tu ignorais de toi-même jusqu'à cet instant : ce sera comme si tout ce que tu auras vécu dans la forêt, au bord de la mer, dans la plaine solitaire, devait maintenant sortir naturellement avec des accents de force, de tendresse et de désir qui n'auront rien à voir avec les appels au secours, les cris de faim et de terreur ; tu sauras que tu possèdes une nouvelle voix qui ne sera plus celle de la nécessité ; quelque chose en elle, dans la voix même, te le fera savoir, ce que tu chanteras pendant que l'homme peint sur le mur ne sera pas de l'ordre du nécessaire comme de chercher à manger, chasser des oiseaux, se défendre contre les sangliers, dormir repliée sur toi-même, grimper aux arbres ou tromper les singes.

Ce que tu chanteras ne sera plus un cri de nécessité.

Plus tard, au repos, toi et lui vous vous regarderez et vous aurez la certitude d'être désormais inséparables parce que vous vous écouterez et vous vous sentirez unis pour toujours, vous vous reconnaîtrez comme deux qui pensent comme un parce que vous serez l'image l'un de l'autre, à l'instar des cerfs qu'il peindra sur la paroi tandis que tu chanteras, t'écartant de lui pour tracer de la main sur une autre paroi l'ombre de l'homme tout en t'efforçant de dire au travers des paroles nouvelles de ton chant voilà ce que tu seras parce que c'est ce que je serai et que nous serons donc tous les deux, et parce que seuls toi et moi pourrons faire ce que nous allons faire.

Tous les jours, vous irez chercher des pierres tranchantes ou des pierres que vous puissiez casser en morceaux à emporter dans la caverne pour les aiguiser.

Vous trouverez des restes d'animaux — la plaine sera une immense étendue funéraire — dont vous recueillerez ce que les autres animaux auront en règle générale abandonné, l'os de la moelle épinière que ne-il chauffera à la plus haute température possible afin d'en extraire l'aliment qui n'appartiendra qu'à vous parce que les autres animaux n'en connaîtront jamais rien.

Vous rechercherez aussi des feuilles et des herbes comestibles ou utiles pour soigner les fièvres et les douleurs de la tête et du corps, pour s'essuyer après avoir déféqué ou pour arrêter le sang d'une blessure, toutes choses qu'il t'enseignera à pratiquer, bien que ce soit lui qui rentrera nu et blessé de combats dont il ne te dira rien à toi qui sortiras de moins en moins de la caverne.

Un jour tu cesseras de saigner à la lune descendante et ne-il réunira ses mains en coupe devant toi pour te dire qu'il sera auprès de toi pour t'aider. Tout ira bien. Il n'y aura rien de plus facile.

Puis viendront des nuits longues et froides au cours desquelles tout ce que vous aviez pu faire par le mouvement sera maintenant obtenu par le repos et le silence nocturnes.

Vous apprendrez à être et à profiter de l'instant, allongés côte à côte, à exprimer la joie d'être ensemble.

« O merikariu ! O merikariba ! »

Ne-il posera sa tête sur ton ventre gonflé.

Il dira qu'une autre voix va bientôt arriver.

Votre voix à chacun découvrira des accents différents parce que l'amour ira se transformant. La relation sexuelle aussi se transformera et exigera des voix différentes pour l'accompagner.

Les chants qui se succéderont seront de plus en plus libres, jusqu'à ce que le plaisir et le désir de l'un et de l'autre se confondent.

Les gestes de la nécessité et ceux du chant ne se distingueront plus.

Ne-il devra de plus en plus souvent sortir seul ; tu éprouveras cette nécessité d'aller chercher de la nourriture comme une séparation qui te rendra muette ; tu lui en feras part et il te répondra que pour chasser un animal, il doit garder le silence. Cependant, au cours de ses sorties, il sera accompagné de nombreux chants d'oiseaux et le monde sera toujours plein d'accents, de cris et de plaintes.

Mais c'est surtout ta voix que j'entendrai, a-nel.

Il te racontera comment il rapporte du poisson de la côte, mais que l'eau se retire de plus en plus et il est obligé d'aller de plus en plus loin pour ramasser des mollusques et des huîtres. Il pourra bientôt atteindre l'autre rivage qu'on voit encore très brumeux et lointain depuis la plage des poissons sauteurs et meurtriers. Mais le lointain désormais se rapproche.

Il te dira que cela lui fait peur, car sans toi il vivra seul et en même temps avec d'autres.

Ne-il s'en ira chercher de la nourriture en solitaire et il n'éprouvera pas le besoin de parler. Il lui suffit de prendre les choses, dira-t-il. C'est pourquoi il reviendra à la caverne avec tant de hâte et d'émoi, parce qu'il saura que c'est là qu'il la retrouvera, qu'il sera avec elle.

« Merondor dinkorlitz. »

Tu lui demanderas si lorsqu'il s'en va seul, il ressent la même chose que toi, c'est-à-dire que quand tu te retrouves seule, tu te contentes de faire ce que tu as à faire de sorte que la chose sitôt faite, elle disparaît immédiatement.

Il ne restera aucun signe.

Il ne restera aucun souvenir.

En effet, acquiescera-t-il, à deux nous pourrons peut-être nous souvenir de nouveau.

Tu te surprendras à l'écouter. Tu ne te seras pas rendu compte que tu commences à te souvenir, que dans ta solitude tu en avais perdu l'habitude, que sans ne-il ta voix exprimera beaucoup de choses, mais qu'elle sera surtout voix de souffrance et cri de douleur.

Oui, conviendra-t-il, je pousserai des cris en attaquant une bête, mais je penserai à ce que j'éprouve pour toi jusqu'à ce que je revienne ici, et ce que je te dirai sera la voix de mon corps de chasseur et de mon corps amoureux.

Cela, c'est à toi qu'il en sera redevable, a-nel. (A-nel, tradiun.)

Ne-il... Je vais avoir besoin de toi. (Merondor aixo.)

Toujours. (Merondor.)

C'est pourquoi le soir où le chant de la femme — ton chant, a-nel — se transformera en un unique aaaaaaaaaaaaaaaaaaaaaaaa prolongé, reviendront dans ta tête et dans ton corps toutes les douleurs à venir, tu appelleras à l'aide comme au début et il répondra à ton appel, vous n'exprimerez pas plus que le nécessaire pour demander de l'aide, mais les regards qui se croiseront se diront que dès que la nécessité sera surmontée, le plaisir reviendra, maintenant que vous savez ce qu'est le plaisir, vous n'êtes pas disposés à le perdre, c'est ce que tu diras à l'homme qui t'interdira de mettre ton enfant au monde comme tu le voudrais, seule, a-nel, couchée et recevant toi-même l'enfant dans la douleur à laquelle tu t'attendras naturellement, mais avec une autre douleur en plus qui, elle, ne sera pas naturelle, qui te lacérera le dos à cause de l'effort que tu feras pour prendre l'enfant toi-même, sans l'aide de personne, comme cela s'est toujours, toujours fait. Avant.

Non, hurle ne-il, plus comme ça, a-nel, plus comme ça... (Caraibo, caraibo.)

Et tu haïras cet homme, car c'est lui qui est cause de cette douleur immense et maintenant il voudrait te priver de l'instinct d'accoucher seule, repliée sur toi-même et recueillant toi seule le fruit de tes entrailles, t'arrachant toi-même du corps le petit corps sanguinolent comme l'ont toujours fait les femmes de ta tribu, mais lui t'empêche d'être toi-même, d'être comme toutes les femmes de ton sang, il t'oblige à rester allongée, à ne pas participer à ton propre accouchement, il te frappera au visage, t'insultera, te demandera si tu veux te briser le dos, ce n'est pas comme ça que naît un fils d'homme, tu es une femme, pas un animal, je veux recevoir notre enfant dans mes mains...

Il t'obligera à écarter tes mains anxieuses de ton sexe, ce sera lui qui recevra l'enfant dans les mains, pas toi, exaltée, fiévreuse, désarmée, anxieuse d'arracher le nourrisson à son père afin de le lécher et lui ôter la première peau muqueuse, couper le cordon ombilical avec tes dents, jusqu'à ce que ne-il te reprenne de nouveau la petite fille pour lui fixer le nombril et la baigner dans l'eau claire apportée des ruisseaux blancs.

Les cerfs de la paroi continueront de s'aimer à jamais.

La première chose que fera ne-il après avoir enlevé le bébé de ton sein affamé sera de la conduire vers la paroi de la caverne.

Là, il apposera la main ouverte de la petite fille sur le mur à fresque.

L'empreinte y restera gravée à jamais.

La deuxième chose que fera ne-il sera de passer autour du cou du bébé le fil de cuir qui porte le sceau de cristal.

Alors ne-il prendra un air réjoui et mordra en riant la fesse de sa fille...

4

Il a toujours aimé les gens qui se laissent surprendre. Rien ne l'ennuyait plus qu'un comporte-
ment prévisible. Un chien et son arbre. Un singe
et sa banane. Une araignée, en revanche, avec sa
toile faisant toujours la même chose ne se répétait jamais... C'était comme la musique de réper-
toire. Une *Bohème* ou une *Traviata* qu'on monte
simplement parce qu'elles plaisent beaucoup au
public, sans les considérer comme des pièces
musicales uniques, irremplaçables... et surpre-
nantes. Le célèbre « surprends-moi » de Cocteau
était, à ses yeux, plus qu'une simple *boutade**.
C'était un principe esthétique. Que le rideau se
lève sur la mansarde de Rodolphe ou le salon de
Violeta et nous les voyons pour la première fois.

Si cela ne se produisait pas, alors l'opéra ne
l'intéressait pas et il rejoignait volontiers la
légion des détracteurs du genre : l'opéra est un
avorton, un genre artificiel qui n'évoque rien
dans la nature ; il s'agit, au mieux, d'un « assem-
blage chimérique » de poésie et de musique dans

lequel le poète et le compositeur se torturent mutuellement.

Avec *La Damnation de Faust* il était toujours gagnant. Il avait beau la répéter, l'œuvre le surprenait toujours, lui, ses musiciens et le public. Berlioz était doté d'un inépuisable pouvoir de surprise. Non pas du fait que la cantate était interprétée par des ensembles différents en chaque occasion — cela était le cas pour toutes les œuvres —, mais parce que l'opéra de Berlioz avait la particularité d'être toujours représenté *pour la première fois*. Les spectacles antérieurs ne comptaient pas. Ou plutôt : ils naissaient et mouraient sur-le-champ. La représentation suivante était toujours la première et, pourtant, l'œuvre était chargée de son passé. Ou s'agissait-il d'un passé inédit à chaque fois ?

Cela était un mystère qu'il ne voulait pas dévoiler : ce ne serait plus un mystère. La façon dont il interprétait le *Faust* était le secret du chef d'orchestre ; lui-même l'ignorait. Si le *Faust* était un roman policier, à la fin on ne saurait pas qui était l'assassin. Il n'y avait pas de majordome coupable.

Ce furent peut-être ces raisons qui le menèrent ce matin-là devant la porte d'Inés. Il n'arrivait pas innocent. Il savait plusieurs choses. Elle avait changé son véritable nom pour un nom de théâtre. Elle n'était plus Inés Rosenzweig mais Inez Prada, anthroponyme plus résonnant que consonant, plus « latin », et surtout, plus facile à lire sur une plaque :

INEZ PRADA

La stagiaire londonienne avait, ces dernières années, acquis la maîtrise du *bel canto*. Il avait écouté ses disques — l'ancien système des 78 tours/minute avait été remplacé par celui du 33 1/3 (phénomène qui, lui, le laissait indifférent puisqu'il s'était promis qu'aucune de ses interprétations ne serait jamais « mise en boîte ») et il reconnaissait que la célébrité d'Inez Prada était bien méritée. Sa *Traviata*, par exemple, présentait deux nouveautés, l'une théâtrale, l'autre musicale, toutes deux biographiques dans le sens où elle donnait au personnage de Verdi une dimension qui, non seulement, enrichissait l'œuvre, mais la rendait non répétable, car Inez elle-même ne pouvait rendre plus d'une fois la sublime scène de la mort de Violeta Valéry.

Au lieu de forcer la voix pour quitter le monde avec un plausible « do de poitrine », Inez Prada éteignait peu à peu sa voix (*È strano / Cessarono / Gli spasmi del dolore*), passant de la jeunesse arrogante, quoique déjà minée, de la glorification de la félicité érotique à la douleur du sacrifice, puis à l'humilité quasi religieuse, pour finir dans l'agonie, laquelle, en rassemblant tous les moments de la vie, les faisait culminer, non dans la mort mais dans la vieillesse. La voix d'Inez Prada chantant le finale de *La Traviata* était la voix d'une vieille femme malade qui, dans les instants qui précèdent sa mort, procède à l'apocope de toute sa vie, la résume et saute à l'âge dont le destin la prive : la vieillesse. Une jeune femme de vingt ans meurt comme une vieille femme. Elle vit ce qu'il lui aura manqué de vivre, grâce à l'approche de la mort.

In me rinasce — m'agita
Insolito vigore
Ah ! Ma io ritorno a vivere...

C'était comme si Inez Prada, sans trahir Verdi, revenait au début du roman de Dumas fils, quand Armand Duval revient à Paris, va chercher Marguerite Gautier dans la maison de la courtisane, trouve les meubles mis en vente et la terrible nouvelle : elle est morte. Armando se rend au cimetière du Père-Lachaise, suborne le gardien, arrive devant la tombe de Marguerite morte quelques semaines plus tôt, brise les serrures, ouvre le cercueil et découvre la dépouille de sa jeune et merveilleuse amante en état de décomposition : la figure verdâtre, la bouche ouverte remplie d'insectes, les orbites vides, les cheveux noirs graisseux et collés aux tempes creuses. L'homme vivant se jette avec passion sur le cadavre de la jeune femme. *Oh, gioia !*

Inez Prada annonçait le début de l'histoire en représentant la fin de l'histoire. C'était son génie de cantatrice et d'actrice qui se trouvait pleinement révélé dans une Mimi sans sentimentalisme, désespérément agrippée à la vie de son amant, empêchant Rodolphe d'écrire, femme-arapède avide d'attention ; dans une Gilda ayant honte de son père bouffon, livrée de manière éhontée à la séduction du Duc patron de son père, anticipant avec une délectation cruelle la souffrance méritée du malheureux Rigoletto...

104

Hétérodoxe ? Sans doute, elle en fut très critiquée. Et pourtant, se disait toujours Gabriel Atlan-Ferrara en l'écoutant, son hérésie rendait à ce vocable éculé sa pure racine grecque : HAIRETICUS, *celui qui choisit.*

Il l'avait admirée à Milan, à Paris, à Buenos Aires. Il n'était jamais allé se présenter pour la saluer. Elle n'avait jamais su qu'il l'écoutait et la regardait de loin. Il attendait qu'elle eût pleinement développé son hérésie. Maintenant, ils savaient l'un et l'autre, depuis le *blitz* qui s'était abattu sur Londres en 1940, qu'ils devaient se rencontrer et travailler ensemble. Elle l'avait demandé. Il savait pour quelle raison professionnelle. L'Inez de Verdi et Puccini était une soprano lyrique. La Marguerite de Berlioz, une mezzo-soprano. Normalement, Inez n'aurait pas dû chanter ce rôle. Mais elle avait insisté.

— Mon registre vocal n'a pas été exploité ni mis à l'épreuve. Moi je sais que je peux chanter non seulement Gilda ou Mimi ou Violeta, mais Marguerite, aussi. Simplement, le seul chef qui puisse conduire et révéler ma voix est le maestro Gabriel Atlan-Ferrara.

Elle n'ajouta pas : « Nous nous sommes déjà rencontrés à Covent Garden quand je chantais dans le chœur du *Faust*. »

Elle décidait, mais lui, en arrivant devant la porte de l'appartement de la cantatrice à Mexico en cet été de l'année 1949, décidait aussi, hérétiquement. Au lieu d'attendre la rencontre prévue pour les répétitions de *La Damnation de Faust* au palais des Beaux-Arts, il prenait la liberté — commettait l'imprudence, peut-être — d'arriver chez

Inez à midi sans rien savoir — elle pouvait dormir encore, être sortie — dans le but de la voir seule et en privé avant la première répétition qui devait avoir lieu l'après-midi...

L'appartement se trouvait dans un labyrinthe de numéros et de portes à des niveaux différents, avec de multiples escaliers, dans un immeuble baptisé La Condesa, dans l'avenue Mazatlán. On lui avait dit que c'était un lieu prisé par les peintres, les écrivains, les musiciens mexicains — et aussi par des artistes européens qui avaient atterri sur les rivages du Nouveau Monde après la catastrophe survenue en Europe. Le Polonais Henryk Szeryng, le Viennois Ernst Röhmer, l'Espagnol Rodolfo Halffter, le Bulgare Sigi Weissenberg. Le Mexique leur avait prêté refuge, et lorsque le palais des Beaux-Arts avait invité le farouche et exigeant Atlan-Ferrara pour y diriger *La Damnation de Faust*, Gabriel avait accepté avec plaisir, en hommage à un pays qui avait accueilli tant d'hommes et de femmes qui, sans cela, auraient sans doute terminé leurs jours dans les fours d'Auschwitz ou dévorés par le typhus à Bergen-Belsen. Le District fédéral était la Jérusalem mexicaine.

Il ne voulait pas revoir la cantatrice pour la première fois directement à la répétition pour une raison très simple. Ils avaient une histoire en suspens, un malentendu privé qui ne pouvait être éclairci qu'en privé. C'était de l'égoïsme professionnel de la part d'Atlan-Ferrara. Car il voulait éviter la tension, prévisible, entre Inez et lui au moment où ils se reverraient pour la première fois depuis que Gabriel l'avait abandonnée sur la côte du Dorset et qu'elle n'était pas revenue aux répétitions à Covent Garden. Inez avait disparu jusqu'à ces fameux *débuts* qui l'avaient fait connaître, à l'opéra de Chicago en 1945, où elle avait créé une nouvelle Turandot grâce à un truc — qui faisait rire Gabriel — qui avait consisté à s'attacher les pieds pour marcher comme une véritable princesse chinoise.

La voix d'Inez ne s'était certes pas trouvée embellie du fait de ce subterfuge inutile, mais la publicité américaine n'en fusa pas moins comme un feu d'artifice *chinois* et resta suspendue au zénith. Dès lors, la critique ingénue répéta joyeusement la fable populaire : pour interpréter *La Bohème*, Inez Prada avait attrapé la tuberculose ; elle s'était enfermée pendant un mois dans les souterrains de la pyramide de Gizeh pour chanter *Aïda* et elle s'était faite putain pour atteindre le pathétique de *La Traviata*. Il s'agissait là de légendes publicitaires que la diva mexicaine n'infirmait ni ne confirmait. Il n'y a sans doute pas de mauvaise publicité en matière d'art et l'on était, après tout, dans le pays des automythificateurs : Diego Rivera, Frida Kahlo, Siqueiros, *maybe* Pancho Villa... Un pays pauvre et dévasté exigeait peut-être un coffre plein de personnalités richissimes. Le Mexique : les mains vides de pain, mais la tête pleine de rêves.

Surprendre Inez.

C'était un risque, mais si elle n'était pas capable d'affronter la surprise, il la dominerait de nouveau, comme en Angleterre. Si, en revanche, elle se montrait la *diva divina* qu'elle était, à la hauteur de son ancien maître, le *Faust* de Berlioz gagnerait en qualité, en tension positive, créative, partagée.

Ce ne serait pas, se surprit-il à penser les doigts repliés, prêts à frapper, le langage conventionnel qu'il détestait parce que ce n'était pas celui qui rendait le mieux les états passionnels. La voix qui représente le désir est le thème même de l'opéra — de tout l'opéra — et Gabriel jouait avec le hasard en frappant à la porte de sa cantatrice.

Cependant, tandis qu'il donnait quelques coups volontaires, il se dit qu'il n'avait rien à craindre car la musique est l'art qui transcende les limites de son propre moyen, c'est-à-dire le son. Frapper à la porte était déjà en soi une façon d'aller au-delà de la signification manifeste (Ouvrez, on vous cherche, on vous apporte quelque chose) pour délivrer un message inattendu (Ouvrez, faites face à une surprise, laissez entrer une passion turbulente, un danger incontrolable, un amour périlleux).

Elle ouvrit la porte, hâtivement enveloppée dans une serviette de bain.

Derrière elle, un jeune homme au teint basané, complètement nu, affichait un visage stupide, minable, l'air à la fois abruti et provocant. Les cheveux en broussaille, barbe clairsemée et grosse moustache.

La répétition de l'après-midi combla — dépassa, même — tous ses espoirs. Dans la Marguerite de Berlioz, Inez Prada frisait le miracle : elle montrait presque une âme privée d'elle-même quand le monde la dépouille de ses passions — des passions que Méphistophélès et Faust présentent au personnage comme les fruits défendus de Tantale.

Grâce à cette négation auto-affirmative, Inez/Marguerite démontrait la vérité de Pascal : les passions non maîtrisées sont des poisons. Lorsqu'elles sommeillent, ce sont des vices, elles alimentent l'âme et celle-ci, abusée, croyant se nourrir, en réalité s'empoisonne avec sa passion, méconnue, déroutante. Serait-il exact, comme le croyaient d'autres hérétiques, les cathares, que le meilleur moyen de se débarrasser de la passion, c'est de l'exhiber et de la vivre jusqu'au bout, sans aucun frein ?

Ensemble, Gabriel et Inez parvenaient à donner une visibilité physique à l'invisibilité des passions cachées. Les yeux pouvaient voir ce que la musique, pour être de l'art, devait occulter. Enchaînant les répétitions quasiment sans interruption, Atlan-Ferrara se disait que si cette œuvre était de la poésie au lieu d'être de la musique, elle n'aurait pas besoin de se montrer, de se représenter. En même temps, il avait le sentiment que par la minuscule faille qu'impliquait le passage du soprano au mezzo, grâce à la voix sublime d'Inez, l'œuvre devenait plus communicable et Marguerite plus convaincante, transmettant la musique grâce à son imperfection même.

Il s'établit une merveilleuse complicité entre le chef et la cantatrice. La complicité dans l'œuvre imparfaite. Inez et Gabriel étaient les véritables démons qui, en empêchant le *Faust* de devenir une œuvre sacrée, donc hermétiquement fermée, le rendaient au contraire communicable, amoureux, digne... Ils faisaient échec à Méphistophélès.

Ce résultat avait-il quelque rapport avec la rencontre inattendue de ce fameux matin ?

Inez aimait, Inez n'était plus la vierge de neuf ans auparavant, quand elle avait vingt ans et lui trente-trois. Avec qui avait-elle perdu sa virginité ? Peu lui importait ; mais cela ne pouvait certainement pas être mis à l'actif du misérable abruti, insultant et vulgaire, qui avait essayé de protester violemment contre l'intrusion de l'étranger et n'avait fait que s'attirer l'ordre péremptoire d'Inez :

— Rhabille-toi et fiche le camp.

On l'avait prévenu des caprices ponctuels de la pluie en été. Les matinées seraient ensoleillées, mais vers les deux heures de l'après-midi, le ciel se chargerait de nuages noirs, et vers les quatre heures, une pluie torrentielle, pareille à une mousson asiatique, s'abattrait sur la vallée, autrefois cristalline, pour apaiser les tourbillons de poussière du lac asséché et des canaux disparus.

Allongé les mains sous la nuque, Gabriel humait la verdeur du crépuscule. Attiré par le parfum de terre humide, il se leva et s'approcha de la fenêtre. Il se sentait content, et il savait qu'il devait se méfier de ce sentiment. Le bonheur est un piège passager qui nous cache les malheurs permanents et nous rend plus vulnérables que jamais à la loi aveugle du malheur.

La nuit descendait sur Mexico, mais il ne se laissa pas tromper par la sérénité de l'arôme qui émanait de la végétation rafraîchie du haut plateau. Les odeurs un moment suspendues par l'averse revenaient. La lune pointait un œil charmeur, cherchant à séduire par ses appâts argentés. Pleine un jour, décroissante le lendemain, parfait cimeterre turc cette nuit-là, bien que la ressemblance même ne fût qu'un leurre de plus. Tout le parfum de la pluie ne pouvait occulter les formes sculptées de ce pays dans lequel Gabriel Atlan-Ferrara était arrivé sans préjugés, ni favorables ni défavorables, guidé seulement par une idée : diriger le *Faust* et le diriger avec Inez dans le rôle de Marguerite, dirigée par lui, guidée sur la voie ardue du changement de tessiture vocale.

Debout, il la regardait dormir, allongée sur le dos, nue, et il se demanda si le monde avait été créé pour que poussent ces seins pareils à deux lunes pleines sans décroissance ni éclipse possibles, cette taille qui était la courbe douce et solide de la carte du plaisir, ce panache bruni entre les jambes qui était l'annonce parfaite d'une solitude persistante, pénétrable en apparence seulement, provocant comme un ennemi qui s'avise de déserter pour mieux nous tromper et nous capturer. Nous n'apprenons rien. Le sexe nous enseigne tout, pourtant. C'est de notre faute si nous ne tirons jamais aucune leçon et retombons, encore et encore, dans le même piège délicieux...

Le corps d'Inez était peut-être comme l'opéra lui-même. Il rend visible ce que l'absence du corps — celui dont nous nous souvenons et celui que nous désirons — nous livre visiblement.

Il fut tenté de couvrir la nudité d'Inez avec le drap tombé au pied du lit dans la luminosité d'une fenêtre ouverte, tel un tableau d'Ingres ou de Vermeer. Il y renonça car demain, aux répétitions, la musique serait le voile de la nudité d'Inez, la musique remplirait son éternelle mission qui est de dissimuler au regard certains objets pour les livrer à l'imagination.

La musique dérobait-elle non seulement à la vue mais à la parole ?

La musique était-elle le grand masque du Paradis, la véritable feuille de vigne posée devant nos parties intimes, la sublimation ultime — au-delà de la mort — de notre visibilité mortelle : corps, verbe, littérature, peinture ? La musique seule était-elle pure abstraction, libre d'attaches visibles, purification et leurre de notre misère corporelle vouée à la mort ?

Il contemplait Inez endormie après l'amour tant désiré depuis qu'il avait sombré dans l'oubli, hiberné pendant neuf ans dans le subconscient. L'amour d'autant plus passionné qu'il avait été imprévisible. Gabriel renonça à la recouvrir parce qu'il comprit qu'en l'occurrence la pudeur serait une trahison. Bientôt, la semaine prochaine, Marguerite serait victime de la passion d'un corps séduit par Faust grâce aux artifices du grand intercesseur, Méphistophélès, puis arrachée de l'Enfer par un chœur d'anges qui la porteraient jusqu'au Ciel. Et Atlan-Ferrara aurait aimé que dans la mise en scène de son Berlioz, on *ose* faire monter l'héroïne au ciel *nue*, purifiée par sa nudité, lançant son défi : j'ai péché, j'ai joui, j'ai souffert, j'ai été pardonnée, mais je ne renonce pas à la gloire de mon plaisir, à la plénitude de ma liberté de femme, libre de sa jouissance, je n'ai pas péché, vous les anges vous le savez, vous m'emportez au paradis à contrecœur, mais vous ne pouvez qu'accepter ma joie sensuelle dans les bras de mon amant ; mon corps et mon plaisir ont vaincu les ruses diaboliques de Méphisto et le vulgaire appétit charnel de Faust : mon orgasme de femme a été plus fort que les deux hommes, ma satisfaction sexuelle a rendu les deux hommes dispensables.

Dieu le sait. Les anges le savent et c'est pourquoi l'opéra s'achève par l'ascension de Marguerite au milieu de l'invocation à Marie que j'aimerais moi, Gabriel Atlan-Ferrara, couvrir du voile de la Véronique... ou de la cape de Marie-Madeleine.

Un orgue de Barbarie commença à jouer non loin de la fenêtre par laquelle Gabriel contemplait la nuit mexicaine après le brusque arrêt de la pluie. Les rues avaient l'air vernissées, mais les senteurs végétales étaient peu à peu supplantées par l'assaut des graisses grésillantes, l'odeur de tortilla réchauffée et la timide renaissance du maïs des dieux de ce pays.

Qu'on était loin des senteurs, des bruits, des heures et labeurs de Londres — nuages jouant à la course avec le soleil pâle, proximité de la mer parfumant le centre même de l'âme urbaine, démarche prudente mais décidée des insulaires menacés et protégés par leur insularité, verdeur aveuglante des parcs, rebut d'un fleuve dédaigneux qui tourne le dos à la ville... Et malgré tout ça, l'odeur aigre de la mélancolie anglaise, dissimulée sous le masque d'une courtoisie froide et indifférente.

Comme si chaque ville du monde signait un pacte singulier avec le jour et la nuit afin que la nature respecte, pour un temps, pour le temps nécessaire, les ruines collectives arbitraires que nous nommons *ville*, cette *tribu accidentelle* décrite par Dostoïevski dans une autre capitale, jaune celle-là, portes, lumières, murs, visages, ponts, fleuves jaunes de Pétersbourg...

Cependant, Inez interrompit les réflexions de Gabriel en entonnant, depuis le lit, l'air de l'orgue de Barbarie : « Toi, toi seule, es cause de mes larmes, de mes désillusions, de ma désolation... »

Il se dirigea vers le chœur avec l'énergique assurance qui, à l'âge de quarante-deux ans, lui valait d'être l'un des chefs d'orchestre les plus sollicités de la nouvelle planète musicale, sortie de la plus atroce des guerres, le conflit qui avait fait le plus de morts de toute l'histoire humaine. C'est pourquoi il exigeait de ce chœur mexicain, qui avait en lui la mémoire de la guerre civile et de la mort dans la vie quotidienne, de chanter le *Faust* comme s'il était de surcroît porteur de la chaîne sans fin de l'extermination, de la torture, de la souffrance et de la détresse contenues dans les noms qui étaient comme la signature du monde en ce demi-siècle : ils devaient voir un bébé nu hurlant au milieu des ruines de la gare de Chongjin bombardée ; entendre le cri muet de Guernica

114

tel que l'a peint Picasso, non pas un cri de douleur, mais un appel au secours, auquel ne répond que le hennissement d'un cheval mort, cheval inutile à la guerre mécanique qui se déroule dans les airs, guerre des oiseaux noirs de Berlioz fouettant de leurs ailes le visage des chanteurs, obligeant les chevaux à gémir et à trembler, la crinière hérissée, et à gagner eux aussi les airs tels des Pégase de la mort pour échapper au vaste cimetière qu'est en train de devenir la Terre.

Dans le spectacle du palais des Beaux-Arts à Mexico, Gabriel Atlan-Ferrara s'était proposé de projeter, pendant la chevauchée finale de l'Enfer, le film de la découverte des fosses communes dans les camps de la mort, où l'évocation apocalyptique de Berlioz devenait visible, amoncellement de cadavres squelettiques, corps faméliques, impudiques, os sans chair, calvities indécentes, blessures obscènes, sexes honteux saisis par des mains d'un érotisme intolérable, comme si jusque dans la mort perdurait le désir : *Je t'aime, je t'aime, je t'aime...*

— Hurlez comme si vous alliez mourir en aimant ce qui vous tue !

Les autorités interdirent la projection des films de camps. Le palais des Beaux-Arts était fréquenté par un public cultivé mais décent : Ils ne viennent pas pour être offensés, déclara un fonctionnaire stupide qui ne cessait de boutonner et déboutonner sa veste couleur excrément de perroquet.

L'œuvre de Berlioz est suffisamment impressionnante par elle-même, lui dit, en revanche, un jeune musicien mexicain qui assistait aux répétitions dans le but jamais explicité, mais néanmoins évident, de surveiller ce que faisait ce chef d'orchestre à la réputation sulfureuse, en tout état de cause *étranger* et, comme tel, *suspect* aux yeux de la bureaucratie mexicaine.

— Laissez le compositeur nous parler de l'Enfer et de la fin du monde par les moyens qui lui sont propres —, susurra le musicien-bureaucrate avec cette suavité particulière de manières et cette intonation basse de la voix du Mexicain, aussi distante qu'insinuante. — Pourquoi voulez-vous vous montrer insistant, maestro ? Pourquoi tenez-vous tant à *illustrer* le propos musical ?

Atlan-Ferrara reconnut le bien-fondé du reproche et donna raison au Mexicain affable. Il se contredisait. N'avait-il pas déclaré la veille à Inez que la visibilité de l'opéra consiste à dissimuler certains objets de la vue afin de permettre à la musique d'évoquer sans dégénérer en simple peinture thématique ou, pire encore, en une « assemblée chimérique » dans laquelle le chef d'orchestre et le compositeur se torturent mutuellement ?

— L'opéra n'est pas de la littérature, dit le Mexicain en se suçant les dents et les gencives pour en extraire discrètement les restes de quelque repas succulent et suicidaire. Ce n'est pas de la littérature, quoi qu'en disent ses adversaires. Ne leur donnez pas raison.

Gabriel se rendit à celle de son cordial interlocuteur. Dieu sait ce qu'il valait comme musicien, mais c'était un fin politique. Quelle était l'intention d'Atlan-Ferrara ? Voulait-il donner une leçon aux Latino-Américains parce qu'ils avaient

116

échappé au conflit européen ? Voulait-il leur faire honte en comparant les violences historiques ?

Le Mexicain avala discètement le petit morceau de viande et de tortilla qui le gênait entre les dents :

— La cruauté de la guerre en Amérique latine est plus féroce, maestro, parce qu'elle est invisible et sans dates. En plus, nous avons appris à cacher les victimes en les enterrant de nuit.

— Vous êtes marxiste ? demanda, amusé, Atlan-Ferrara.

— Si vous voulez dire que je ne participe pas à la phobie anticommuniste qu'il est de bon ton de professer, vous n'êtes pas loin de la vérité.

— Donc, selon vous, le *Faust* de Berlioz peut se monter ici sans autre justification que lui-même ?

— Exactement. Il est inutile de distraire l'attention de quelque chose que nous comprenons fort bien. Le sacré n'est pas étranger à la terreur. La foi nous sauve de la mort.

— Vous êtes croyant, de surcroît ? dit le chef en souriant.

— Au Mexique, même les athées sont catholiques, don Gabriel.

Atlan-Ferrara scruta le jeune compositeur-bureaucrate qui lui prodiguait ces conseils. Non, il n'était pas blond, distant, mince : absent. Le Mexicain était brun, chaleureux, il mangeait une tarte au fromage et aux piments moutardés, et ses yeux de carcajou astucieux furetaient dans tous les coins. Il voulait faire carrière, cela se voyait. Il allait prendre du poids rapidement.

Ce n'était pas lui, se dit Atlan-Ferrara avec une certaine nostalgie livide, ce n'était pas celui qu'il recherchait, le désiré, l'ami de la prime jeunesse...

— Pourquoi m'as-tu abandonnée sur la plage ?
— Je ne voulais pas interrompre quoi que ce soit.
— Je ne comprends pas. Tu as interrompu notre week-end. Nous étions ensemble.
— Tu ne te serais jamais donnée à moi.
— Et alors ? Je croyais que ma compagnie te suffisait.
— Est-ce que la mienne te suffisait ?
— Tu me crois si sotte que ça ? Pourquoi crois-tu que j'ai accepté ton invitation ? Par fureur utérine ?
— Mais nous n'avons pas été ensemble.
— En effet, pas comme en ce moment...
— Et nous ne l'aurions pas été.
— En effet, c'est sûr. Je te l'ai dit.
— Tu n'avais jamais connu d'homme.
— Jamais. Je te l'ai dit.
— Tu ne voulais pas que je sois le premier.
— Ni toi ni personne. J'étais différente à l'époque. J'avais vingt ans. Je vivais avec mes oncle et tante. J'étais ce que les Français appellent *une jeune fille bien rangée**. Je commençais tout juste ma carrière. J'étais peut-être dans la confusion.
— Tu es sûre ?
— J'étais différente, te dis-je. Comment puis-je être sûre de quelqu'un que je ne suis plus ?

118

— Je me souviens comment tu regardais la photo de mon camarade...

— Ton frère, m'as-tu dit à l'époque...

— L'être qui m'était le plus proche. Voilà ce que je voulais dire.

— Mais il n'était pas là.

— Si, il était là.

— Ne me dis pas qu'il était là.

— Pas physiquement.

— Je ne comprends pas.

— Tu te souviens de la photo que tu as trouvée dans le grenier ?

— Oui.

— Il était dessus. Avec moi. Tu l'as vu.

— Non, Gabriel, tu te trompes.

— Je connais cette photo par cœur. C'est la seule sur laquelle nous figurons tous les deux, lui et moi.

— Non. Sur la photo il n'y avait que toi. Lui avait disparu.

Elle le dévisagea avec curiosité pour ne pas avoir l'air inquiète.

— Dis-moi la vérité. Ce garçon a-t-il jamais été sur cette photo ?

— La musique est une représentation artificielle des passions humaines, déclara le maestro à l'orchestre réuni sous ses ordres dans le palais des Beaux-Arts. Ne faites pas semblant de croire qu'il s'agit d'un opéra réaliste. Je sais que les Latino-Américains s'agrippent désespérément à la logique et à la raison, qui leur sont totalements étrangères, en espérant ainsi échapper à l'imagi-

nation et au surnaturel qui leur sont ancestrale-
ment familiers, mais qu'ils considèrent comme
méprisables et à éviter en regard d'un supposé
« progrès » auquel, soit dit en passant, ils ne par-
viendront jamais par mimétisme et honte d'eux-
mêmes. Pour un Européen, voyez-vous, le mot
« progrès » va toujours entre guillemets, *s'il vous
plaît* *.

Il sourit à l'assemblée de visages solennels.

— Racontez-vous, si cela peut vous aider, que
votre chant est à l'image des sons de la nature.

Il promena son regard impérial sur le plateau.
Comme le paon jouait bien son rôle ! se moqua-
t-il de lui-même.

— Surtout un opéra comme le *Faust* de Berlioz peut nous tromper et nous faire croire que
nous écoutons l'imitation d'une nature violemment poussée à ses limites.

Il fixa le cor anglais avec une telle intensité
qu'il l'obligea à baisser les yeux.

— C'est peut-être exact. Mais musicalement,
c'est inutile. Cependant, dans cette terrible scène
finale, si cela vous aide, vous pouvez imaginer
que vous êtes en train de mimer le bruit d'un
fleuve qui se précipite ou le fracas d'une chute
d'eau...

Il écarta les bras d'un vaste geste généreux.

— Ou encore le souffle du vent dans les
arbres, ou le mugissement d'une vache, ou l'im-
pact d'une pierre contre un mur, ou l'éclatement
d'un objet de verre ; vous pouvez aussi imaginer
que vous chantez le hennissement du cheval et le
battement d'ailes des corbeaux...

Les corbeaux se mirent à voler en se heurtant à la coupole orange de la salle de concert ; les vaches dévalèrent en mugissant par les couloirs du théâtre ; un cheval passa sur la scène au galop ; une pierre s'écrasa contre le rideau de verre Tiffany.

— Mais moi je vous assure que le bruit ne s'impose jamais par plus de bruit, que la sonorité du monde doit se transformer en chant parce qu'elle est autre chose que des sons guturraux, que si le musicien veut faire entendre le braiment de l'âne, il doit le faire chanter...

Et les voix du chœur, animées, motivées, comme il le désirait, par la nature immense, impénétrable et fière, lui répondaient, toi seule donnes trêve à mon ennui sans fin, je retrouve ma force, et je crois vivre enfin...

— Vous ne seriez pas le premier chœur, vous savez, qui s'imagine que son chant est un prolongement ou une réponse aux bruits de la nature...

Il les fit taire, peu à peu, un à un, subjuguant la force chorale, la dissipant sans pitié.

— L'un croit chanter parce qu'il entend l'oiseau...

Marisela Ambriz fit un piqué sans ailes.

— L'autre parce qu'il imite le tigre...

Sereno Laviada ronronna comme un chat.

— Un autre encore parce qu'il écoute le bruit d'une cascade en son for intérieur.

Le musicien-bureaucrate se moucha bruyamment.

— Rien de tout cela n'est véridique. La musique est artifice. Ah, me direz-vous, mais les passions humaines n'en sont pas. Oublions le tigre, monsieur Laviada, l'oiseau, mademoiselle Ambriz, le tonnerre, monsieur qui mange des tartes et dont j'ignore le nom, dit Gabriel en se tournant vers le plateau.

— Cosme Santos, pour vous servir, répondit avec une politesse mécanique l'interpellé. Licenciado Cosme Santos.

— Eh bien, don Cosme, nous allons parler de la passion telle que dépeinte par la musique. Nous allons répéter que le premier langage, fait de gestes et de cris, se manifeste dès qu'apparaît une passion qui nous ramène à l'état où nous étions quand son besoin s'est fait sentir.

Il passa ses mains nerveuses dans sa chevelure noire, agitée, gitane.

— Savez-vous pourquoi j'apprends par cœur le nom de chacun des membres du chœur ?

Il écarquilla les yeux comme deux cicatrices éternelles.

— Pour vous faire comprendre que le langage quotidien commun aux hommes, aux femmes et aux animaux, est affectif, c'est un langage de cris, d'orgasmes, de joies, de peurs, de soupirs, de plaintes profondes...

Les cicatrices ouvertes étaient deux lacs noirs.

— Bien entendu —, il eut enfin un sourire, — chacun d'entre vous, monsieur Moreno, mademoiselle Ambriz, madame Lazo, monsieur Laviada, chacun d'entre vous chante en croyant prêter sa voix au langage naturel des passions.

La pause dramatique de Gabriel Atlan-Ferrara. Inez sourit. Qui trompait-il ? Tout le monde, ni plus ni moins.

122

— Et c'est vrai, c'est vrai. Les passions qui restent enfermées à l'intérieur de soi peuvent nous tuer par implosion. Le chant les libère en trouvant la voix qui les exprime. La musique serait donc une espèce d'énergie qui rassemble les émotions primitives, latentes, celles que vous ne montreriez jamais en prenant l'autobus, monsieur Laviada, en prenant votre petit déjeuner, madame Lazo, en prenant votre douche, excusez-moi, mademoiselle Ambriz... Les accents mélodiques de la voix, le mouvement du corps dans la danse, nous libèrent. Le plaisir et le désir se confondent. La nature dicte les accents et les cris : ce sont là les mots les plus anciens, c'est pourquoi le premier langage est un chant passionné.

Il se tourna vers le musicien-bureaucrate et, peut-être, censeur.

— N'est-ce pas, señor Santos ?

— Certainement, maestro.

— *Faux*. La musique n'est pas une substitution de sons naturels sublimés par des sons artificiels.

Gabriel Atlan-Ferrara s'interrompit et, il ne dirigea pas ni ne promena son regard, mais le fit littéralement pénétrer dans les yeux de chacun des chanteurs.

— Tout dans la musique est artificiel. Nous avons perdu l'unité originelle de la parole et du chant. Regrettons-le. Entonnons le requiem pour la nature.

Il esquissa un geste mélancolique.

— Hier j'ai entendu une chanson dans la rue. « Toi, toi seule, es cause de mes larmes, de mes désillusions et de mon désespoir. »

Si un aigle était doué de parole, il aurait ce regard.

— Ce chanteur populaire exprimait-il par la musique les sentiments de son âme ? C'est possible. Le *Faust* de Berlioz, lui, est tout le contraire. Mesdames et messieurs, conclut Atlan-Ferrara, marquez bien la distance avec ce que vous chantez. Dissociez votre voix de tout sentiment, de toute passion reconnaissable, transformez cet opéra en cantate à l'inconnu, à la parole et au son sans précédent, sans autre émotion que celle qui s'en dégage en cet instant apocalyptique qui est peut-être aussi l'instant de la création : inversez les temps, imaginez la musique comme une *inversion* du temps, un chant de l'origine, une voix d'aube sans antécédent ni suite...

Il baissa la tête avec une feinte humilité.

— Nous allons commencer.

Elle n'avait donc pas voulu s'avouer vaincue neuf ans auparavant. Elle avait attendu que ce soit lui qui se rende. Il avait eu envie de l'aimer sur la côte anglaise et il s'était gardé à jamais quelques phrases ridicules destinées au moment imaginé ou rêvé ou désiré, ou tout cela en même temps — comment savoir ? —, « nous aurions marché ensemble sur le fond de la mer », pour finalement se retrouver devant une femme différente qui était capable de congédier sur-le-champ l'amant fortuit d'une nuit.

— Rhabille-toi et file.

Elle était capable de donner cet ordre au pauvre moustachu, mais aussi à lui, le maestro

Gabriel Atlan-Ferrara. Elle lui obéissait aux répétitions. Mieux que cela : il y avait une entente parfaite entre eux. C'était comme si l'arc de projecteurs de style *art nouveau** qui éclairait le plateau les unissait, elle et lui, comme s'ils se donnaient la main, lui dans la fosse d'orchestre, elle sur la scène, en une rencontre miraculeuse entre le chef et la cantatrice ; ce qui, de surcroît, stimulait le Faust ténor et le Méphistophélès basse, les attirant dans le cercle magique formé par Inez et Gabriel, aussi en phase et en harmonie dans leur interprétation artistique qu'ils étaient dissymétriques et déphasés dans leur relation charnelle.

Elle dominait.

Il le reconnaissait.

Elle avait le pouvoir.

Il n'en avait pas l'habitude.

Il se regardait dans la glace. Il avait une image de lui toujours altier, vaniteux, drapé dans des capes imaginaires de grand seigneur.

Elle avait de lui l'image d'un homme affectivement nu. Sans défense devant un souvenir. Celui d'un autre jeune homme. Le garçon qui ne vieillirait jamais parce que plus personne ne le reverrait. Le garçon qui disparaissait des photos.

C'est par ce creux — cette absence — qu'Inez se glissait pour dominer Gabriel. Il en était conscient et il l'acceptait. Elle avait un fouet dans chaque main. Avec l'un, elle signifiait à Gabriel : je t'ai vu nu, sans défense devant un attachement que tu t'efforces de cacher.

De l'autre, elle le châtiait : tu ne m'as pas choisie, c'est moi qui t'ai choisi. Je n'ai pas eu besoin de toi autrefois et je n'ai pas plus besoin de toi aujourd'hui. Nous nous aimons afin d'assurer l'harmonie de l'œuvre. Quand les représentations seront terminées, nous en terminerons aussi, toi et moi...

Gabriel Atlan-Ferrara savait-il tout cela ? Si oui, l'acceptait-il ? Dans les bras d'Inez, il acquiesçait, il acceptait, pour jouir d'Inez il était prêt à accepter n'importe quoi, n'importe quelle humiliation. Pourquoi devait-elle toujours être montée sur lui ? Lui allongé sur le dos, elle au-dessus, elle menant les ébats, exigeant de lui, de sa position gisante, soumise, des touchers, des impératifs, des plaisirs qu'il ne pouvait refuser de fournir.

Il s'accoutumait à rester la tête sur l'oreiller, couché, tendu, la contemplant dressée au-dessus de lui comme un monument sensoriel, une colonne de chair enchanteresse, un unique fleuve charnel depuis le sexe uni au sien jusqu'aux cuisses écartées, les fesses chevauchant ses testicules, remontant vers la taille à la fois noble et amusée telle celle d'une statue qui se moquerait du monde grâce aux grâces du nombril, amusée aussi par les seins fermes mais tressautants, toute la chair confluant vers le cou d'une blancheur insultante, tandis que le visage s'éloignait, étranger, dissimulé sous la masse des cheveux roux, la chevelure comme masque d'une émotion à cacher...

Inez Prada. (« Ça fait mieux que Inés Rosenzweig sur les plaques d'entrée et ça se prononce plus facilement dans d'autres langues. »)

Inez Vengeance. (« J'ai tout laissé derrière moi. Et toi ? »)

De quoi, mon Dieu, se défaisait-elle ? (« L'interdiction relevait de deux temps différents que je ne voulais violer ni l'un ni l'autre. »)

Le soir de la première, le maestro Atlan-Ferrara monta sur le podium sous les applaudissements d'un public curieux.

C'était là le jeune chef qui avait mis au jour des sonorités insoupçonnées — pas latentes, perdues — chez Debussy, Ravel, Mozart et Bach.

Il dirigeait ce soir-là pour la première fois au Mexique, et tous cherchaient à détecter la puissance de cette personnalité, telle que la laissaient entendre les photographies, les cheveux longs, noirs et frisés, les yeux entre ardents et rêveurs, les sourcils qui ridiculisaient les maquillages de Méphisto ; les mains implorantes auprès desquelles les gestes de désir du Faust paraissaient gauches...

On disait qu'il valait mieux que ses chanteurs. Cependant, la syntonie parfaite, croissante, admirable entre Gabriel Atlan-Ferrara et Inez Prada l'emportait sur tout le reste, entre l'amant endormi dans le lit et si en alerte au théâtre. Car elle avait beau se battre pour la parité convenue, au théâtre c'est lui qui s'imposait, lui qui menait le jeu, lui qui la montait, la soumettait à son désir masculin et la plaçait, à la fin de l'œuvre, au centre du plateau, tenant par la main les enfants-séraphins. Chantant aux côtés des esprits célestes, elle se voyait ainsi signifier que, contrairement à ce qu'elle aurait pu penser, Inez était toujours celle qui dominait, au centre de la relation qui (ils en étaient convaincus l'un et l'autre) était de toute façon paritaire puisqu'elle était la reine du lit et lui le maître de la scène.

Tout en dirigeant les scènes finales de l'opéra, le maestro murmurait *les vierges divines sauront tarir les pleurs que t'arrachent encor les terrestres douleurs, conserve l'espérance, Marguerite*, et alors Marguerite-Inez prit par la main les enfants du chœur, chaque enfant donna la main à un autre et le dernier tendit la main à un chanteur du chœur d'esprits célestes, celui-ci tendit la main à son voisin et ce dernier à celui d'à côté et ainsi de suite jusqu'à ce que tout le chœur, avec Marguerita-Inez au centre, ne forme réellement plus qu'un seul chœur uni par la chaîne des mains ; et alors les deux anges qui se trouvaient chacun aux deux extrémités du demi-cercle qui s'était formé sur le plateau tendirent la main vers la loge la plus proche du plateau, saisirent celle du premier spectateur, celui-ci celle de son voisin, et ainsi de suite jusqu'à ce que la totalité du théâtre des Beaux-Arts ne forme qu'un seul chœur de mains nouées les unes aux autres et, malgré les paroles chantées « conserve l'espérance et souris au bonheur », la salle devint un vaste lac en feu tandis qu'au fond des âmes un horrifiant mystère avait lieu : tous s'en furent en Enfer ; ils croyaient monter au Paradis et ils allaient rejoindre le Démon, Gabriel Atlan-Ferrara s'exclama d'une voix triomphale : *Has ! has ! has ! Irimiru karabrao.*

Il resta seul dans la salle vide. Inez lui avait dit, en le prenant par la main au milieu des applaudissements :

— Je te vois dans une heure. À ton hôtel.

Gabriel Atlan-Ferrara, assis dans un fauteuil au premier rang du théâtre vide, regarda descendre le grand rideau de verre dont la confection avait pris presque deux ans aux artisans de Tiffany pour représenter, au moyen d'un million de petits morceaux de verre brillant, tel un fleuve de lumières qui aurait trouvé ici son embouchure, le panorama de la Vallée de Mexico flanquée de ses redoutables et bien-aimés volcans. Les lumières s'éteignaient avec celles du théâtre, de la ville, du spectacle terminé... Mais les lumières du rideau de verre continuaient à briller comme des sceaux de cristal.

Gabriel Atlan-Ferrara caressait la surface lisse du sceau de cristal qu'Inez Rosenzweig-Prada avait glissé dans sa main au moment où ils saluaient sous les applaudissements et les bravos du public.

Il sortit de la salle en direction des vestibules de marbre rose, couverts de peintures murales aux couleurs stridentes et d'installations de cuivre brillant, le tout dans le style *art nouveau** de l'édifice, achevé en 1934, alors qu'il avait été commencé en 1900 dans un élan de faste césaréen, interrompu par un quart de siècle de guerre civile. Vu du dehors, le palais des Beaux-Arts était un gros gâteau de mariage imaginé par un architecte italien, Adamo Boari, sans doute afin que l'édifice mexicain fût la mariée du monument romain au roi Victor-Emmanuel : la noce serait consommée entre des draps de meringue, des phallus de marbre et des hymens de verre, sauf qu'en 1916 l'architecte italien prit la fuite, horrifié par la Révolution et le fait de voir son rêve de dentelle piétiné par les chevaux de Zapata et de Pancho Villa.

Laissé à l'abandon, le palais resta un squelette de fer et c'est ainsi que le vit Gabriel Atlan-Ferrara en sortant de la placette qui lui faisait face : nu, dépouillé, oxydé pendant un quart de siècle, un château de ferraille s'enfonçant dans la fange rancunière de Mexico.

Il traversa l'avenue en direction du parc de la Alameda, et un masque d'obsidienne noire le salua, ce qui l'emplit de joie. Le masque mortuaire de Beethoven le regardait les yeux fermés ; Gabriel s'inclina et lui souhaita la bonne nuit.

Il pénétra dans le parc solitaire, en compagnie de la seule succession des phrases de Ludwig Van, parlant avec lui, lui demandant si la musique est réellement le seul art qui transcende les limites de son moyen d'expression, le son, pour se manifester, souverainement, dans le silence de la nuit mexicaine. La cité aztèque — la Jérusalem mexicaine — était agenouillée devant le masque d'un musicien sourd capable d'imaginer le bruit de la pierre gothique et du fleuve rhénan.

Les frondaisons se balançaient doucement en ces heures d'après la pluie, égouttant les pouvoirs dociles du ciel. Berlioz résonnait encore dans la caverne de marbre avec ses vaillantes voyelles françaises rompant la prison des consonnes nordiques, cette « épouvantable articulation » germanique armée de cuirasses verbales. Le ciel en feu de *La Walkyrie* était en quincaillerie. L'enfer d'oiseaux noirs et de chevaux emballés du *Faust* était de chair et de sang. Le paganisme ne croit pas en lui-même parce qu'il ne doute jamais. Le christianisme croit en lui-même parce que sa foi est constamment mise à l'épreuve. Dans ces placides jardins de la Alameda, l'Inquisition coloniale avait fait exécuter ses victimes et, avant elle, les marchands indiens y achetaient et vendaient des esclaves. À présent, les grands arbres dansants abritaient la nudité de statues blanches immobiles, érotiques et chastes parce qu'elles étaient en marbre.

Ce fut le son lointain de l'orgue de Barbarie qui rompit en premier le silence de la nuit. « Ton ombre fatale, ombre du mal, me suit partout, obstinément. »

Le premier coup, il le reçut sur la bouche. Ils lui saisirent les bras pour l'immobiliser. Puis le moustachu à la barbe rare lui donna des coups de genoux dans le ventre et dans les testicules, des coups de poing dans la figure et la poitrine, tandis qu'il essayait de regarder la statue de la femme accroupie en posture d'humiliation anale, s'offrant, *malgré tout*, à la main amoureuse de Gabriel Atlan-Ferrara dont le sang se répandait sur les fesses de marbre et qui s'efforçait de comprendre ces paroles étrangères, *cabrón, chinga a tu madre*, ne t'avise plus d'approcher de ma gonzesse, t'as pas assez de couilles pour ça, sale con, cette femme est à moi... *has, has, has, Méphisto, hop, hop, hop* !

Avait-elle besoin d'une explication sur sa conduite sur la côte anglaise ? Il pourrait lui dire qu'il a toujours fui les situations où les amants prennent des habitudes de vieux couple. L'ajournement du plaisir est un principe à la fois pratique et sacré du véritable érotisme.

— Ah ! tu t'imaginais une fausse lune de miel..., dit Inez en souriant.

— Non, je préférais que tu gardes de moi un souvenir mystérieux et aimant.

— Arrogant et insatisfait —, elle cessa de sourire.

— Disons que je t'ai abandonnée dans la maison de la plage pour préserver la curiosité de l'innocence.

— Crois-tu que nous y ayons gagné quelque chose, Gabriel ?

— Oui. La relation sexuelle est passagère et pourtant permanente, aussi fugace qu'elle paraisse. L'art musical, en revanche, est permanent, bien qu'il se révèle passager face à la permanence de ce qui est réellement instantané. Combien de temps dure l'orgasme le plus prolongé ? Mais combien de temps dure le désir renouvelé ?

— Ça dépend. Si c'est entre deux personnes ou trois...

— C'est cela que tu espérais sur la plage ? Un *ménage à trois** ?

— Tu m'as présentée à un homme absent, tu te souviens ?

— Je t'ai dit qu'il va et vient. Ses absences ne sont jamais définitives.

— Dis-moi la vérité. Ce garçon a-t-il jamais été sur la photo ?

Gabriel ne répondit pas. Il contemplait la pluie qui délavait toute chose, puis il dit : Si seulement elle pouvait ne jamais s'arrêter, tout emporter...

Ils passèrent une nuit de paix et de grande plénitude, telle qu'ils la désiraient.

À l'aube, Gabriel caressa tendrement les joues d'Inez et se sentit obligé de lui dire que le jeune homme qui l'avait tant séduite réapparaîtrait peut-être un jour...

— Tu ne sais vraiment pas où il est allé ? demanda Inez sans trop croire à la réponse.

— Je suppose qu'il est parti loin. La guerre, les camps, la désertion... Il y a tant de possibilités d'action dans un futur inconnu.

— Tu dis que tu invitais les filles à danser et qu'il te regardait admiratif.

— Je t'ai dit qu'il était jaloux, pas envieux. L'envie est une rancœur contre le bien d'autrui. La jalousie donne de l'importance à la personne que l'on voudrait pour soi tout seul. L'envie, te disais-je, est l'impuissance faite poison : on voudrait être un autre. La jalousie est généreuse, on voudrait que l'autre vous appartienne.

Le regard de Gabriel fit une longue pause. Finalement, il se contenta de dire :

— Je voudrais le revoir pour réparer un mal.

— Moi je voudrais le voir pour coucher avec lui, répondit Inez sans une ombre de malice, d'un ton froidement virginal.

5

Chaque fois qu'ils se sépareront, ils crieront : ne-il, dans la forêt de plus en plus froide et dépeuplée, a-nel, dans la caverne de moins en moins tiède, dans laquelle l'homme apportera des peaux arrachées à grands cris aux quelques bisons qui rôdent dans les parages, après les avoir tués non seulement pour vous nourrir toi et ta fille, mais pour vous protéger maintenant contre les bourrasques glacées qui réussiront à se glisser par les fissures imprévues de la caverne telle une haleine de bouc blanc et vindicatif.

Les parois se couvriront d'une couche de glace invisible, comme à l'image de la maladie de la terre de plus en plus déserte et inanimée, comme si le sang même des animaux et la sève des plantes fussent sur le point de se tarir à jamais après avoir lancé une grande bouffée de mort.

Ne-il poussera des cris dans la forêt hivernale. Sa voix suscitera une telle quantité d'échos qu'aucune bête ne pourra la localiser ; la voix sera le déguisement de ne-il le chasseur. La voix surgira de la blancheur aveugle des bois, des plaines, des rivières gelées et de la mer étonnée de sa propre froideur immobile... : ce sera une voix solitaire qui deviendra une multitude parce que le monde se sera transformé en une immense coupole d'échos blancs.

Toi, dans la caverne, tu ne crieras pas, a-nel, tu chanteras en berçant la petite fille qui aura bientôt connu trois saisons fleuries depuis sa naissance, mais dans ton abri de pierre, ta voix résonnera si fort que ta berceuse aura elle aussi l'air d'un cri. Tu prendras peur. Tu sauras que ta voix sera toujours la tienne, mais qu'elle participera désormais du monde qui t'entoure, menaçant. Une grande averse de glace résonnera comme un tambour dans ta tête. Tu regarderas les peintures sur les parois. Tu attiseras le feu du foyer. De temps à autre, tu t'aventureras à l'extérieur dans l'espoir de trouver quelques herbes et des baies faciles à cueillir pour toi et l'enfant que tu portes sur le dos dans un sac de peau d'élan. Tu sauras que c'est l'homme qui rapportera l'essentiel de la chasse, en sueur, rougi par la quête de plus en plus ardue.

Il pénétrera dans la caverne, contemplera les peintures d'un air triste et te dira que le moment va bientôt venir de s'en aller. La terre se congèlera et ne donnera plus ni fruits ni viande.

Surtout, la terre se mettra en mouvement. Le matin même il aura vu se déplacer les montagnes de glace, comme animées d'une vie propre, changeant de vitesse devant les obstacles, engloutissant tout sur leur passage...

Vous sortirez emmitouflés dans les fourrures qu'avec tant de sagesse ne-il aura réunies, car

136

c'est lui qui connaît le monde extérieur et qui saura qu'une époque est en train de prendre fin. Mais toi, tu t'immobiliseras à la sortie de la caverne, puis tu rentreras en courant dans l'enceinte de ta vie et de ton amour, où tu te remettras à chanter avec le sentiment de plus en plus net que c'est par la voix que tu seras liée à jamais au foyer de a-nel et de sa fille.

Tu chanteras ce jour comme tu chanteras à chaque commencement, parce que dans ta poitrine tu sentiras quelque chose qui te fera revenir à l'état où tu étais quand tu as eu besoin de lui pour la première fois...

Tes pieds enveloppés dans des peaux de porc attachées avec des tripes s'enfonceront dans la neige épaisse. Tu couvriras le bébé comme si elle venait de naître. Tu trouveras la marche longue, bien qu'il t'ait prévenue :

Nous allons retourner vers la mer.

Tu t'attendras à trouver une côte de falaises immobiles au-dessus de flots agités, mais tout ce qui était aura disparu sous la tunique blanche des grandes neiges.

Tes pas laisseront leur trace à l'approche de la frontière reconnue des poissons, et tu chercheras anxieusement la ligne sombre de l'horizon, la limite habituelle de ton regard. Mais tout sera devenu blanc, couleur sans couleur, tout sera gelé. La mer ne sera plus en mouvement. Elle sera recouverte d'une immense croûte de glace ; tu t'immobiliseras, déconcertée, avec ta fille emmitouflée dans des fourrures, et tu verras surgir, de l'horizon invisible de la mer de glace, le groupe qui avance lentement vers vous, comme vous avancez, ta fille et toi guidées par ne-il, à la rencontre du groupe dont les voix s'élèveront dans une intention que tu ne sauras déchiffrer et qui provoquera dans le regard de ton homme une incertitude quant à l'action à suivre : continuer à avancer ou s'en retourner à la mort de la gigantesque plaque de glace en mouvement qui progresse, animée d'une vie, d'une intelligence et d'une sinuosité qui lui sont propres, dans votre dos, vous confisquant le foyer familier, la caverne, le berceau, les peintures...

La mer gelée se brisera comme un tas de vieux os oubliés, mais le groupe en face vous guidera de bloc en bloc de glace jusqu'à l'autre rive. Tu te rendras compte alors que vous êtes sur la côte ou sur l'île que vous aviez aperçue naguère, ne-il et toi, comme un mirage au temps des fleurs qui sera le nouveau temps qui vous attendra ici, car les hommes qui vous conduiront se dépouilleront peu à peu de leurs épaisses couvertures de cerf blond pour apparaître en vêtements légers faits de peau de porc. Vous aurez passé la frontière entre la glace et l'herbe.

Toi aussi tu te débarrasseras de la pesante fourrure et tu sentiras revenir dans ta poitrine une chaleur suffisante pour protéger ta fille. Vous pénétrerez dans la chaleur en suivant le groupe d'hommes que tu commenceras à distinguer à la manière dont ils tiennent haut levées les lances à la pointe acérée, entonnant ensemble un chant annonciateur de victoire, d'allégresse, de retour...

Vous arriverez devant une palissade blanche dont tu t'apercevras bientôt qu'elle est constituée de grands os d'animaux disparus, plantés en terre de façon à former une clôture impénétrable par laquelle se glisseront, un à un, à travers les interstices de la palissade, les hommes-guides qui vous précéderont et vous suivront ; vous déboucherez alors sur la place de terre battue, entourée d'habitations à toit plat faites de terre cuite.

On vous attribuera une hutte et l'on vous apportera des cruches de lait et des morceaux de viande enfilés sur des piques de fer. Ne-il s'inclinera pour remercier et suivra les hommes hors de la hutte. Devant la porte, il se tournera vers toi pour te dire de rester tranquille et de te taire. Dans les yeux de ne-il, il y aura quelque chose de nouveau. Il regardera les hommes de ces contrées comme il regardait les bêtes de là-bas. Mais dans son regard il y aura maintenant de la méfiance, pas seulement de la prudence.

Tu passeras plusieurs heures à nourrir l'enfant et à la bercer de chansons. Puis ne-il sera de retour et il t'annoncera qu'il ira chasser tous les jours avec les autres hommes. Le lieu où vous vous trouvez forme la limite d'une prairie sans arbres par laquelle courent de grands troupeaux. On les chasse par surprise au moment où les bêtes s'arrêtent pour manger de l'herbe. Tu devras aller avec les autres femmes cueillir des herbes et des fruits à proximité du hameau, en prenant garde de ne pas t'exposer aux fauves qui peuvent approcher jusqu'ici.

Tu lui demanderas si ici il pourra se remettre à peindre. Non, ici il n'y aura pas de parois de pierre. Il y aura des murs de terre et des clôtures d'os.

Seront-ils contents de nous accueillir ?

Oui. Ils diront que lorsqu'ils ont vu baisser les eaux de la mer et l'autre rive se transformer en glace, ils se sont sentis isolés et se sont mis à nous attendre pour avoir la preuve que le monde de l'autre côté continuait à exister.

Notre monde leur plaira-t-il, l'aimeront-ils, ne-il ?

Nous le saurons, a-nel. Attendons.

Mais il y aura de nouveau de l'inquiétude dans le regard de l'homme, comme si quelque chose de non encore advenu était sur le point de se produire.

Tu te joindras aux autres femmes de l'enclos pour aller cueillir des fruits et rapporter du lait d'élan à la petite fille enveloppée dans son berceau de fourrures.

Tu ne pourras pas communiquer avec les autres femmes car tu ne comprendras pas leur langue ; ni elles la tienne. Tu essaieras de communiquer par le chant ; elles te répondront, mais tu ne pourras pas deviner ce qu'elles disent parce que leurs voix seront égales et monotones. Tu essaieras d'entonner des airs de joie, de pitié, de douleur, d'amitié, mais les autres femmes te jetteront des regards bizarres et te répondront du même ton monocorde qui t'empêchera de deviner ce qu'elles sentent...

Les jours et les nuits se succéderont ainsi jusqu'à ce qu'un soir, au coucher du soleil, tu perçoives des pas légers, si légers que tu les croirais douloureux, comme s'ils ne voulaient pas toucher terre. Cependant, la personne qui s'approche de ta hutte avancera en frappant des coups réguliers qui t'effraieront parce que d'habitude les pas et les bruits de ce lieu sont d'une tristesse monotone.

Tu ne seras pas préparée à l'apparition, sur le seuil de ta porte, de la femme couverte de peaux noires comme sa chevelure, ses orbites profondes et sa bouche entrouverte : lèvres noires, langue noire, dents noires.

Elle brandira un bâton noir avec lequel elle frappera à ta porte. Elle surgira, le bâton levé et tu te sentiras menacée, mais de son autre main elle se tiendra la tête avec un air de résignation, de douceur et de souffrance tel que ta peur s'évanouira. Elle se touchera la tête comme si elle touchait un mur, ou comme si elle voulait s'annoncer sans provoquer de peur, ou comme pour te saluer, mais le temps manquera, les traits sombres de la femme, ta visiteuse, te demanderont quelque chose des yeux, mais tu n'auras pas le temps de savoir quoi, les autres femmes du village réagiront, elles approcheront, violemment agitées, de ta hutte, elles lanceront des cris contre la femme toute noire, elles lui arracheront son bâton, la jetteront par terre et la frapperont avec leurs pieds ; la femme se relèvera, les yeux emplis de peur et d'orgueil, elle se couvrira la tête avec les mains, d'un air de défi, et sortira en traînant les pieds jusqu'à se perdre dans la brume du crépuscule.

À son retour, ne-il t'expliquera que cette femme est une veuve qui n'a pas le droit de sortir de sa maison.

Tous se demanderont pourquoi, connaissant la loi, elle aura osé sortir pour aller chez toi.

Ils te suspecteront.

La loi dira que voir une veuve, c'est s'exposer à mourir et ils ne comprendront pas pourquoi celle-ci a eu l'audace d'aller te chercher.

Ce sera la première fois que tu verras les autres femmes perdre leur sérénité, ou leur distante indifférence, changer de voix, s'exalter, s'exprimer avec passion. Le reste du temps, elles seront soumises et silencieuses. Elles cueilleront les fraises jaunes et les mûres noires et blanches, elles arracheront les racines comestibles, elles choisiront avec un soin particulier, ouvrant leur coquille verte et les déposant dans des pots de terre, les minuscules boules vertes qu'elles nomment *pisa*.

Elles ramasseront aussi les œufs d'oiseau, en fouillant dans la queue-de-renard et les buissons où poussent les mûres noires. Elles feront cuire pour les hommes la cervelle, les tripes, le gros cou des bêtes de la prairie. Et à la tombée du jour elles confectionneront des cordes avec des fibres ramassées dans la campagne, des aiguilles d'os et des vêtements de peau.

Tu te rendras compte, en les accompagnant distribuer de la nourriture et des vêtements dans les maisons des hommes et des malades, que, alors que l'espace dans lequel se déroulent ces travaux quotidiens et monotones est réduit à l'enceinte derrière la clôture d'os, il existe un espace plus lointain à l'intérieur de la forteresse où s'élève une construction plus luxueuse, faite elle aussi avec l'ivoire de la mort.

Un soir éclatera une grande agitation et tous se précipiteront hors de leurs habitations pour courir vers cet espace, convoqués par les tambours, que tu auras déjà entendus, mais aussi par une musique nouvelle à tes oreilles, rapide comme le vol des oiseaux de proie, et en même temps d'une douceur que tu n'avais jamais entendue jusque-là...

Les hommes auront creusé un trou plus profond que large, puis tu les verras sortir de la grande maison jaunâtre telle une gueule aux dents malades, portant le corps dénudé d'un jeune homme, suivi de la marche lente, et dans sa lenteur même aussi rageuse que douloureuse, d'un homme aux longs cheveux blancs et au dos voûté, le visage caché derrière un masque de pierre et le corps enveloppé de fourrures blanches. Il sera précédé par un autre jeune homme, nu comme le cadavre, portant un pot en terre. Les hommes déposeront le jeune mort sur le sol, le vieil homme s'approchera pour le regarder, ôtant pour cela un instant son masque de pierre et promenant son regard sur le cadavre, des pieds à la tête.

L'expression de son visage sera amère, mais dépourvue de la volonté nécessaire pour s'opposer et agir.

Puis les hommes descendront le corps dans le trou et le vieillard masqué videra lentement au-dessus de lui le contenu du pot de perles d'ivoire que l'adolescent triste tiendra dans ses mains.

Alors s'élèvera le chant que tu attendais depuis le début, a-nel, comme si tous se réservaient cette occasion unique pour se joindre au chœur de lamentations, aux cris, aux caresses, aux soupirs que le vieillard écoutera, impassible, tout en déversant les perles sur le cadavre jusqu'à ce que,

fatigué, il s'appuie sur deux hommes qui le ramè-
neront à la demeure de marbre au son de la
musique triste et douce du cylindre à trous tandis que les autres hommes du village clôturé
continueront à jeter des objets dans la tombe
ouverte.

Ce soir-là, ne-il te montrera un objet dérobé
dans la tombe. C'est le cylindre d'os creusé de
nombreux trous. Ne-il le portera instinctivement
à sa bouche, mais toi, instinctivement aussi, tu
poseras ta main sur l'instrument et sur la bouche
de ne-il. Tu éprouveras une crainte, tu auras un
pressentiment, l'impression que tes jours en ce
lieu ne seront plus jamais paisibles ; depuis l'apparition de la femme au bâton, tu auras la
conviction que ce lieu n'est pas bénéfique...

Il y aura un présage dans le vol des urubus au-
dessus des champs où tu travailles le matin qui
suivra les funérailles du jeune homme. Ne-il
reviendra avec d'autres nouvelles. Car si les
femmes se taisent, les chasseurs, eux, parleront.
Ne-il apprendra rapidement les mots clés du langage de l'île et il te racontera, a-nel, ce garçon
était le fils aîné du vieux, le vieux est celui qui
commande ici, le garçon mort devait lui succéder
sur le trône de marbre, le premier de tous les fils
du *basil*, c'est comme ça qu'ils appellent le vieux,
fader basil, il a plusieurs fils qui ne sont pas
égaux entre eux, il y a le premier, le deuxième et
le troisième, maintenant c'est le deuxième qui
sera le préféré, c'est lui qui succédera au vieux
fader basil. On dira des choses horribles, a-nel, on
dira que le deuxième fils a tué le premier pour
devenir, lui, le premier, mais alors, dira a-nel, le

vieux ne craindra-t-il pas que le deuxième le tue lui aussi pour devenir le nouveau *fader basil* ?

Il faudra que tu te taises, a-nel. J'en entendrai plus et je te raconterai.

Est-ce que nous comprendrons ?

Oui. Je ne sais pas pourquoi, mais je crois que nous comprendrons.

Ne-il, moi aussi je comprends ce que disent les femmes...

Ne-il s'arrêtera près de la porte et se retournera pour te regarder avec un air d'inquiétude et d'étonnement qui seront comme la division entre le dehors et le dedans, entre hier et aujourd'hui.

Planté à l'entrée de la hutte, le dos à la lumière jaunâtre, il te demandera...

A-nel, répète ce que tu viens de dire...

Moi aussi je comprends ce que disent les femmes...

Tu comprends ou tu comprendras ?

Je comprends.

Tu sais ou tu sauras ?

J'ai su. Je sais.

Qu'est-ce que tu sais ?

Ne-il, nous sommes revenus. Nous avons déjà été ici. Je le sais.

Le ciel se déplace. Les nuages rapides ne transportent pas seulement de l'air et des sons ; ils avancent chargés de temps, le ciel fait bouger le temps et le temps fait bouger la terre. Les saisons se succèdent tels des éclairs fulgurants, insaisissables, mais jamais précédés de roulement de tonnerre : elles déchirent le firmament et les fleuves se remettent à couler, les forêts s'emplissent de senteurs profondes et les arbres renaissent, les oiseaux jaunes se remettent à voler, les rouges-gorges, les toucans, les crêtes noires et les éventails bleus ; les plantes poussent, les fruits tombent, puis les forêts se dénudent à nouveau tandis que ne-il et toi vous gardez le secret de votre passé ressuscité.

Vous avez déjà vécu ici.

Vous connaissez la langue de ces lieux, la langue vous revient, mais pour le moment personne ne s'occupe de vous parce que la veuve du premier fils du chef s'est jetée, couverte de peaux noires, sur la tombe de son mari en lançant des imprécations contre le deuxième fils, l'accusant d'avoir assassiné le premier-né, accusant le vieux *fader basil* d'aveuglement et d'impotence, clamant qu'il est indigne d'être le *basil*, puis un groupe d'hommes munis de lances fait irruption dans l'espace ouvert devant la maison d'ossements, mené par un jeune homme aux cheveux noirs tressés, à la bouche large, au regard mobile et furtif, aux gestes sûrs et implacables, à la posture inaugurale, paré de bracelets de métal autour des poignets et de colliers de pierres autour du cou, qui donne l'ordre de transpercer la femme, si elle aime tant son mari défunt, qu'elle s'unisse à lui pour toujours, c'est ton frère, réussit à crier la veuve avant de se taire, baignée de sang.

La femme a l'air de s'enfoncer dans la terre trempée de sang, de se confondre avec le cadavre de son jeune époux.

Je ne veux pas sortir, dis-tu en serrant ta fille dans tes bras. J'ai peur.

146

Ils vont soupçonner quelque chose, te répond
ne-il. Va travailler comme d'habitude. Comme
moi.

Tu te souviens d'autre chose ?

Non. Seulement la langue. Avec le retour de la
langue, le lieu est revenu.

Je savais que nous avions déjà été ici.

Tous les deux ? ou seulement toi ?

Il observa un long silence tout en caressant la
tête rousse de l'enfant. Il promena son regard sur
les murs de son ancienne patrie. Pour la première fois, a-nel lut de la honte et de la souffrance dans les yeux du père de sa fille.

Je ne sais peindre que sur la pierre. Pas sur la
terre. Ni le marbre.

Réponds-moi, lui dis-tu d'une voix basse pleine
d'angoisse. Comment sais-tu que moi aussi j'ai
été ici ?

Il se tait de nouveau, puis il part à la chasse,
comme d'habitude, et il revient le visage absorbé.
Ainsi passent de nombreuses soirées. Tu t'éloi-
gnes de lui, tu t'accroches à ta fille comme à une
planche de salut, toi et lui vous ne vous par-
lez pas, il pèse entre vous un silence plus emprisonnant que n'importe quelles chaînes, chacun
craint que le silence ne se transforme en haine,
méfiance, séparation...

Enfin un soir, ne-il ne résiste plus et se jette
dans tes bras en pleurant, il te demande pardon,
tu vois, quand la mémoire revient, ce n'est pas
toujours bon, le souvenir peut faire très mal, je
crois que nous devons bénir et regretter l'oubli
dans lequel nous vivions parce que, grâce à l'oubli, nous nous sommes rejoints toi et moi ; en

plus, dit-il, les souvenirs d'un homme et d'une femme qui se retrouvent ne sont pas les mêmes, l'un se souvient de choses que l'autre a oubliées, et vice versa, parfois on oublie parce que le souvenir fait mal et qu'il faut se persuader que ce qui est arrivé n'est jamais arrivé, on oublie le plus important parce que c'est le plus douloureux.

Dis-moi ce que j'ai oublié, ne-il.

Il refusa d'entrer avec toi. Il te conduisit jusqu'à l'endroit, mais une fois là, il prit dans ses bras l'enfant aux cheveux roux et aux yeux noirs et il te déclara qu'il allait rentrer à la maison pour ne pas éveiller les soupçons, et pour sauver l'enfant, affirmas-tu, alors que tu voulais seulement poser la question.

Oui.

C'était un monticule de terre cuite recouvert et caché par les branches de la forêt. Il y avait un trou dans le dôme par lequel de nombreuses branches descendues du haut des arbres pénétraient dans la hutte de terre. Il y avait un autre trou au ras du sol.

C'est par ce dernier que tu entras à quatre pattes. Tu mis un certain temps à t'accoutumer à l'obscurité, gênée de surcroît par les odeurs piquantes d'herbe pourrie, de coquilles vides, de vieilles graines, d'urine et d'excrément.

Tu te laissas guider par le souffle d'une respiration irrégulière, comme de quelqu'un pris sans le savoir entre veille et sommeil, ou entre l'agonie et la mort.

Lorsque ta vue eut enfin apprivoisé la pénombre, tu discernas la femme couchée contre le mur concave, sous d'épaisses couvertures, entourée de ruminants au dos gris et au ventre blanc qui émettaient l'odeur la plus forte de toutes. Tu reconnus cette odeur par le souvenir que tu en avais de ta vie sur l'autre rive, où les troupeaux de bœufs musqués se réfugiaient dans les cavernes et les emplissaient de cette même odeur sécrétée au crépuscule. Près de la femme, il y avait aussi des peaux de fruit et des os rongés.

Elle te regardait depuis que tu étais entrée. L'ombre était sa lumière. Immobile et rigide, elle ne semblait pas avoir la force de bouger de cet endroit caché dans la forêt, hors de l'enceinte de marbre.

La femme gardait les bras sous les couvertures. L'appel suppliant que tu vis dans ses yeux suffit à te faire approcher. Le toit était très bas et concave. Tu t'agenouillas auprès d'elle et tu vis deux larmes couler sur ses joues ridées. Elle ne fit rien pour les essuyer. Ses bras restaient sous les peaux de bête. Tu pris des mèches de sa longue et raide chevelure blanche pour lui essuyer le visage aux yeux profonds, brillants, enfoncés dans le profil aux larges narines, la bouche grande, entrouverte, perlée de salive.

Tu es revenue, te dit-elle d'une voix tremblante.

Tu acquiesças de la tête, mais ton regard trahissait ton ignorance et ton désarroi.

Je savais que tu reviendrais, sourit la vieille femme.

Était-elle vraiment vieille ? Elle le paraissait, avec ses cheveux blancs en désordre qui lui dissimulaient les traits en dehors de ce profil sensible et étrange. Elle avait l'air vieille par son immobilité, comme si la fatigue n'était plus que son seul signe de vie. Après la fatigue, ce serait la mort.

Elle te voyait très bien, te dit-elle, car elle avait l'habitude de vivre dans les ténèbres. Elle avait l'odorat très développé parce que c'était le sens qui lui était le plus utile. Et tu pouvais lui parler à voix basse, car, vivant dans le silence, elle était capable de distinguer les murmures les plus lointains, alors que les voix fortes l'emplissaient d'épouvante. Elle avait les oreilles très grandes : elle écarta ses cheveux et te montra une grande oreille velue.

Aie pitié de moi, dit la femme subitement.

Comment ? murmuras-tu, lui obéissant instinctivement.

En te souvenant de moi. Je t'en prie.

Comment me souviendrai-je de toi ?

La femme sortit alors une main de sous les peaux qui la recouvraient.

Elle tendit un bras couvert de gros poils gris, le poing serré. Elle ouvrit sa main.

Dans la paume rose reposait une forme ovoïde, usée, mais dont l'usure laissait néanmoins transparaître ce que c'était. Tu devinas, a-nel, une forme féminine avec une petite tête étroite aux traits effacés, suivie d'un corps large aux grands seins, hanches et fesses rondes jusqu'aux jambes maigres et pieds minuscules.

Avec le temps, la matière était devenue transparente. Les formes originales étaient en train de disparaître pour se fondre en un unique tracé ovoïde.

Elle posa l'objet dans ta main sans rien dire.

Puis elle te prit dans ses bras.

Tu sentis la peau rugueuse et velue contre ta joue palpitante. Tu éprouvas de la répulsion et de la tendresse en même temps. Tu te sentis aveuglée par la douleur inattendue, inconnue, qui transperça la moitié de ta tête qui battait, une douleur aussi forte que l'effort que tu faisais pour reconnaître cette femme...

Alors elle rejeta les couvertures et elle te poussa doucement jusqu'à te coucher à ses pieds, la tête en avant, puis elle écarta ses jambes courtes et poilues, poussa un cri de douleur mêlé à un cri de plaisir tandis que tu gisais sur le dos comme si tu venais de sortir du ventre de la femme, puis elle sourit, te prit par les bras pour t'attirer vers elle, tu contemplas l'entaille de son sexe telle une fraise ouverte, elle t'approcha de son visage, elle t'embrassa, te lécha, cracha ce qu'elle sortit de ton nez et de ta bouche, pencha tes lèvres vers ses seins flasques, rouges et poilus, puis elle mima de nouveau l'acte de tendre les bras vers son sexe dénudé et de saisir ton corps nouveau-né, sans effort, de ses longs bras faits pour l'accouchement solitaire, sans l'aide de personne...

La femme croisa les bras d'un air satisfait, te contempla avec tendresse et te dit sauve-toi, tu es en danger, ne dis à personne que tu es venue ici, garde ce que je t'ai donné, donne-le à ta descendance, tu as des enfants, des petits-enfants ? je ne veux pas le savoir, j'accepte mon sort, je t'ai revue, ma fille, c'est le plus beau jour de ma vie.

Elle se redressa et partit à quatre pattes pendant que tu ressortais, à quatre pattes toi aussi, de l'enceinte obscure.

Tu fis quelques pas, mais dans ton désarroi et dans un élan d'affection, tu tournas la tête en arrière.

Tu la vis suspendue à un arbre, te faisant un signe d'adieu de sa main poilue à la paume rose au bout de son long bras.

Les yeux pleins de larmes, tu déclaras à ne-il que ta seule tâche en ce lieu était de t'occuper de ta fille et de la femme de la forêt, en prendre soin, lui rendre la vie.

Ne-il te saisit par les bras et te traita pour la première fois avec violence, tu ne peux pas, dit-il, pour moi, pour toi, pour notre fille, pour elle-même, ne dis rien de ce que tu as vu, tu ne pouvais pas te souvenir d'elle, c'est ma faute, je n'aurais pas dû te mener là-bas, je me suis laissé gagner par la pitié, alors que moi si, je me souvenais, a-nel, nous ne sommes pas les enfants de la même mère, ne l'oublie pas, pas de la même mère, évidemment, ne-il, j'en suis sûr, j'en suis sûr...

Oui, mais du même père, déclara ce soir-là le jeune homme aux cheveux tressés, peau olive et joyaux cliquetants. Regardez votre père. Notre père. Et dites-moi s'il mérite d'être le chef, le père, le *fader basil*.

Ils le sortirent de la maison de marbre, nu à l'exception d'un pagne. Au centre de la petite place, il y avait un tronc d'arbre dépourvu de branches. Une colonne enduite de graisse, dit l'homme aux nattes, pour voir si notre père est capable de grimper jusqu'en haut et faire la preuve qu'il mérite d'être le chef...

Il fit sonner ses bracelets et le vieillard fut conduit au pied de la colonne par les gardes munis de lances.

Assis sur un tronc de marbre, le jeune homme au teint sombre expliqua au jeune couple venu de l'autre rive : le tronc est enduit de musc, mais même sans graisse, notre père et seigneur ne pourrait s'y accrocher et monter. Ce n'est pas un singe — il rit —, mais surtout il n'a plus de forces. Il est temps de le remplacer par un nouveau chef. Telle est la loi.

Le vieillard tenta à plusieurs reprises de s'agripper à la colonne huilée. À la fin il se rendit. Il tomba à genoux et baissa la tête.

Le jeune homme assis sur le trône fit un geste de la main.

D'un seul coup de hache le bourreau trancha la tête du vieillard et la remit au jeune homme.

Celui-ci se saisit de la tête par la longue chevelure blanche et la brandit haut levée. La communauté se mit à crier, ou à pleurer, ou à chanter son exercice d'allégresse, tu eus envie de te joindre aux cris, à en faire quelque chose de plus proche du chant. Obscurément, tu respectes ces cris car tu sens que si ne-il a récupéré la mémoire grâce à la langue, toi tu ne peux la récupérer que par le chant ; les gestes, les cris te plongent dans l'incertitude parce que tu es revenue à l'état dans lequel tu te trouvais quand tu en as éprouvé le besoin pour la première fois : tu crains de revenir à l'état où tu te trouvais lorsque tu fus obligée de pousser ces mêmes cris...

Le nouveau chef offrit la tête du vieux chef aux regards des hommes et des femmes de la communauté de l'enceinte d'os. Tous chantèrent quelque chose, puis commencèrent à se disperser, comme s'ils connaissaient les étapes de la cérémonie. Mais cette fois le nouveau chef les arrêta. Il poussa un vilain cri, ni de bête ni d'homme, et déclara que la cérémonie n'était pas terminée.

Les dieux, dit-il —, tous se regardèrent sans comprendre, alors il répéta : — les *dieux* m'ont ordonné d'accomplir aujourd'hui leurs volontés. Telle est la loi.

Il leur rappela que le temps approchait d'éloigner les femmes et de les remettre à d'autres villages afin d'éviter l'horreur de frères et de sœurs forniquant ensemble et engendrant des bêtes qui marchent à quatre pattes et se dévorent entre elles. Telle est la loi.

Il leur dit, l'air rêveur, que certains se souvenaient du temps où les mères étaient les chefs et se laissaient aimer parce qu'elles aimaient également tous leurs fils sans distinction.

Les gens approuvèrent à grands cris, mais le jeune *fader basil* cria plus fort que tous les autres : Telle était la loi.

Il les avisa qu'ils devaient oublier ce temps et cette loi — il baissa la voix et ouvrit grands les yeux —, et celui qui dirait que ce temps et cette

154

loi étaient meilleurs serait décapité comme le vieux père inutile ou transpercé à coup de lance comme la veuve avec ses gémissements. Telle est la loi.

Il leur exposa, en montrant ses dents aiguisées, qu'on entrait dans une nouvelle ère où le père commande et désigne son fils aîné comme son héritier, mais que si le fils aîné préfère le plaisir et l'amour d'une femme au commandement des hommes, il doit mourir et céder sa place à celui qui est capable et qui veut commander sans tentations, en solitaire. Telle est la loi désormais. Celui qui commande vivra seul, sans tentations ni conseil.

Le jeune *basil* fit un geste des bras qui déclencha les cris d'allégresse de la communauté.

Puis, faisant taire les voix, il déclara que ceci était l'ordre nouveau et que chacun devrait s'y plier.

Quand la mère commandait, ils étaient tous égaux et personne ne pouvait dépasser les autres. Les mérites personnels étaient étouffés au berceau. C'était le temps de l'imprévision, de la faim, de la vie qui se confondait avec son environnement, l'animal, la forêt, le torrent, la mer, la pluie...

— Cette loi n'est plus.

Maintenant un seul chef ordonne les tâches, les récompenses, les châtiments. Telle est la loi.

Maintenant est le temps où le premier enfant mâle du chef sera un jour chef à son tour. Telle est la loi.

Il marqua une pause et au lieu de vous regarder, il détourna les yeux dont tous attendaient qu'ils se posent sur toi, ton homme et ta fille.

Le frère et la sœur ne forniqueront pas ensemble. Telle a toujours été la loi. La descendance du frère et de la sœur coupables ne connaîtra pas de joie charnelle. Telle est la loi. Les descendants paieront pour la faute des parents. Telle est la loi.

Alors en un éclair imprévisible, les hommes au service du jeune chef immobilisèrent ne-il, lui arrachèrent la petite fille, écartèrent les jambes de l'enfant et à l'aide d'un couteau de pierre lui tranchèrent le clitoris qu'ils te jetèrent à la figure, a-nel.

Mais toi tu n'étais déjà plus là.

Tu fuyais de ce lieu maudit sans autre possession que la statuette de femme effacée, qui perdait ses formes au point de se transformer en matrice de cristal serrée dans ta main ; fuyant la silhouette à jamais gravée dans ta mémoire de ton homme blond et nu découvert un soir lointain dans la boue de l'autre côté de la mer, et celle de ta fille aux yeux noirs et cheveux roux, torturée et mutilée sur ordre d'un roi fou, un diable voulant se faire passer pour un dieu, et tu cours, loin, en hurlant, mais ils ne te poursuivent pas, satisfaits que tu aies vu ce que tu as vu, condamnée à vivre à jamais avec cette douleur, cette rancœur, cette malédiction, cette soif de vengeance qui monte en toi comme un chant, rendue à la passion qui peut donner naissance à une voix, libérant le chant naturel de ta passion, laissant devenir voix les violents mouve-

ments externes de ton corps au bord de l'éclatement...

Avec ton cri, tu approches les bêtes et les
oiseaux qui seront désormais ton unique compagnie, possédée de nouveau par un mouvement
interne impétueux auquel tu prêtes une voix ulu-
lante, forestière, marine, montagneuse, fluviale,
souterraine : ton chant, a-nel, te permet de fuir
loin du désordre brutal de ta vie anéantie d'un
seul coup par des actes sur lesquels tu n'as ni
maîtrise ni compréhension, mais qui font de toi
une coupable, tu les rassembles tous et tu éli-
mines la mère quadrupède de la forêt, le bel
époux qui était ton frère, le frère aîné héritier du
pouvoir, mort avant de connaître la mort qui l'attendait dans la vie, le père décapité privé de force
par la vie et de la vie par la cruauté du fils usur-
pateur ; tu les écartes tous, il n'y a que toi, tu es
la seule coupable, a-nel, tu es responsable de la
mutilation de ta fille, mais tu ne retourneras pas
demander pardon, tu n'iras pas récupérer ta fille,
lui dire que tu es sa mère, qu'il ne faut pas qu'il
arrive à ta fille ce qui t'est arrivé à toi, à jamais
séparée de ta mère, de ton père, de tes frères, de
ton frère mort, de ton amant abandonné... C'est
ainsi que, après avoir traversé la mer de glace, tu
te retrouves sur la plage de la rencontre, puis
dans les vallées glacées, puis dans la caverne
peinte par ne-il, et là, a-nel, tu tombes à genoux,
tu poses ta main de mère sur l'empreinte laissée
un jour par la main de ta petite fille et tu pleures,
tu jures de la retrouver, de la reprendre, de l'arracher au monde, aux pouvoirs, aux pièges, à la
cruauté, à la torture, aux hommes, tu te vengeras

157

de tous pour accomplir ton devoir de mère en-
vers ta fille, pour mener avec elle la vie unie que
vous ne pouvez mener aujourd'hui mais que vous
mènerez dans un certain demain.

6

Elle rêva que la glace commençait à reculer,
révélant d'énormes rochers et des dépôts d'argile.
De nouveaux lacs se sont formés dans la montagne sculptée par la neige. Il y a un nouveau
paysage de roches striées et de falaises de pierre.
Sous la glace du lac s'agite une tempête invisible.
Le rêve se déroule en chaîne. La mémoire se
transforme en cataracte qui menace de noyer
Inez Prada qui se réveille en poussant un cri.

Elle n'est pas dans une caverne. Elle est dans
une suite de l'hôtel Savoy à Londres. Du coin de
l'œil elle aperçoit le téléphone, le petit bloc-notes
et le crayon de l'hôtel, elle se demande, où suis-
je ? Une cantatrice, parfois, ne sait ni où elle est
ni d'où elle vient. Tout ici, pourtant, ressemble à
une luxueuse caverne, tout est chromé, nickelé,
les salles de bains, les dossiers de chaise. Les
cadres brillent comme de l'argent et rendent
encore plus terne la vue du triste fleuve pollué,
avec sa couleur fauve, tournant le dos à la ville
(ou est-ce la ville qui ne veut pas regarder le
fleuve ?). La Tamise est trop large pour couler,

comme la Seine, au cœur de la cité. Alors que, domestiquée, reflétant à la fois la beauté du fleuve et la beauté de Paris, *Sous le pont Mirabeau, coule la Seine...*

Elle écarte les rideaux et contemple le passage lent et morne de la Tamise, avec son escorte de cargos et de remorqueurs qui défilent devant les monstrueux entrepôts et les terrains vagues. On comprend que Dickens, qui aimait tant sa ville, ait rempli le fleuve de cadavres assassinés puis dépouillés par des voleurs sur les coups de minuit...

Londres tourne le dos à son fleuve et Inez ferme les rideaux. Elle sait que les coups frappés à la porte de l'appartement sont ceux de Gabriel Atlan-Ferrara. Presque vingt ans ont passé depuis qu'ils ont présenté ensemble *La Damnation de Faust* à Mexico ; ils vont répéter leur exploit à Covent Garden mais, de même que lorsqu'ils ont travaillé ensemble au palais des Beaux-Arts, ils veulent avoir une entrevue privée d'abord. C'était en 1949, on est en 1967. Elle avait vingt-neuf ans, lui quarante-deux. Maintenant elle a quarante-sept ans, lui soixante, ils seront l'un et l'autre les fantômes, en quelque sorte, de leur jeunesse, à moins que seul le corps ne vieillisse, emprisonnant à jamais la jeunesse à l'intérieur de ce spectre impatient que nous nommons « âme ».

Leurs retrouvailles périodiques, quel que soit le temps écoulé, faisaient ainsi figure d'hommage rendu, non seulement à leur jeunesse, mais aux liens personnels et à la collaboration artistique. Elle — et elle voulait croire que lui aussi — voyait sérieusement les choses de cette façon.

160

Gabriel avait très peu changé, et en même temps il s'était bonifié. Les cheveux grisonnants, aussi longs et indisciplinés que toujours, adoucissaient un peu ses traits plutôt sauvages, son mélange racial méditerranéen, provençal, italien, peut-être même tzigane et nord-africain (*Atlan, Ferrara*), éclaircissaient le teint basané et ennoblissaient encore plus le vaste front, tout en n'ôtant rien à la vigueur inattendue de la respiration aux larges narines ni au rictus — car, même lorsqu'il souriait, et il entra ce jour-là dans une humeur particulièrement joyeuse, son sourire était un rictus de grandes lèvres cruelles. Les rides profondes sur les joues et aux commissures des lèvres, il les avait toujours eues, comme si son duel avec la musique n'en finissait pas de cicatriser. Ce n'était pas nouveau. Mais lorsqu'il enleva son écharpe rouge, le signe le moins évitable du temps apparut, sous le menton, cette chair flasque en dépit — se dit Inez avec un sourire — du fait que les hommes, se rasant tous les jours, éliminent au moins naturellement les squames du reptile que nous appelons *vieillesse*.

Ils se regardèrent.

Elle avait changé ; les femmes changent plus que les hommes, plus rapidement, comme pour compenser la maturation plus précoce de leur sexe, maturation non seulement physique, mais mentale, intuitive... Une femme en sait plus et plus tôt de la vie qu'un homme, lequel tarde à quitter son enfance. Perpétuel adolescent, ou pire encore, vieil enfant. Il y a peu de femmes immatures et beaucoup d'enfants déguisés en hommes.

Inez savait cultiver les signes de son identité permanente. La nature l'avait dotée d'une chevelure rousse qu'elle pouvait, avec l'âge, faire teindre de la couleur de sa jeunesse sans attirer l'attention. Elle savait parfaitement que rien ne souligne autant les années qui passent que les changements de coiffure. Chaque fois qu'une femme change de coiffure, elle se charge de quelques années de plus. Inez avait fait de ses cheveux flamboyants, un peu ébouriffés, un artifice ; les cheveux de feu, l'emblème d'Inez, le contraste avec les surprenants yeux noirs, et non verts, comme chez la plupart des rousses. Si l'âge les voilait peu à peu, la cantatrice savait néanmoins les faire briller. Le maquillage, qui sur une autre femme paraîtrait excessif, était, chez la diva Inez Prada, une prolongation ou une annonce de la représentation de Verdi, Bellini, Berlioz...

Ils se contemplèrent un instant pour se reconnaître, pour « faire les curieux », comme elle disait, aimant utiliser des mexicanismes, se prendre les mains les bras tendus pour se dire tu n'as pas changé, tu es celui/celle de toujours, tu as gagné avec l'âge, ces tempes argentées, quelle élégance, et ils avaient eu le goût, de surcroît, de garder un style classique dans leur habillement — elle en peignoir bleu pâle qui permet à une diva de recevoir chez elle comme dans sa loge, lui en complet de velours noir, pas si éloigné, du reste, de la mode du *swinging London* de 1967, bien que ni l'un ni l'autre ne se déguiserait jamais en jeune, à l'instar de tant de vieux ridicules qui ne voulurent pas rester en dehors de la « révolution » des années soixante-dix et abandonnèrent subitement leurs vêtements de *businessmen* pour réapparaître avec d'énormes favoris (mais calvitie inévitable), veste Mao, pantalon à pattes d'éléphant et macroceintures, ou de respectables dames d'âge mûr juchées sur des plateformes frankensteiniennes et révélant, dans leur minijupe, les ravages variqueux que les collants roses ne parvenaient pas à dissimuler.

Ils restèrent ainsi quelques secondes, à se tenir les mains à bout de bras en se regardant dans les yeux.

— Qu'as-tu fait pendant tout ce temps ? — se demandèrent-ils du regard : ils connaissaient leurs carrières professionnelles, toutes deux brillantes, chacun de son côté. Et, telles les lignes parallèles d'Einstein, elles allaient à présent se rejoindre au moment de la courbe inéluctable.

— Berlioz nous réunit une nouvelle fois, dit Gabriel Atlan-Ferrara en souriant.

— Oui —, son sourire était moins éclatant. — Espérons que ce ne soit pas, comme à la corrida, une réunion d'adieu.

— Ou, comme à Mexico, l'annonce d'une autre séparation très longue... Qu'as-tu fait pendant tout ce temps ? Que s'est-il passé ?

Elle le pensa et l'énonça la première : qu'aurait-il pu se passer ? pourquoi, ce qui aurait pu se produire ne s'était-il pas produit ?

— Pourquoi n'était-ce pas possible ? se hasarda-t-il.

Son corps avait récupéré après le passage à tabac que lui avait infligé la bande du moustachu dans le parc de la Alameda.

— Mais ton âme en est restée marquée...

— Je crois bien. Je n'ai pas pu comprendre la violence de ces hommes, tout en sachant que l'un d'eux était ton amant.

— Assieds-toi, Gabriel. Ne reste pas debout. Tu veux du thé ?

— Non, merci.

— Ce garçon n'avait aucune importance.

— Je sais, Inez. Je n'imagine pas que tu l'aies envoyé me taper dessus. J'ai compris que sa violence était dirigée contre toi parce que tu l'avais mis à la porte de chez toi, j'ai compris qu'il cognait sur moi pour ne pas cogner sur toi. C'était peut-être sa façon de se montrer chevaleresque et de défendre son honneur.

— Pourquoi t'es-tu séparé de moi ?

— Disons plutôt, pourquoi ne nous sommes-nous pas rapprochés ? Moi aussi je peux avoir le sentiment que c'est toi qui t'es éloignée de moi. Étions-nous si orgueilleux qu'aucun des deux n'a voulu faire le premier pas de la réconciliation ?

— Réconciliation ? murmura Inez. Ce n'était peut-être pas la question. L'agression de ce pauvre type n'avait peut-être rien à voir avec nous, avec notre relation...

C'était une matinée froide, mais ensoleillée et ils sortirent se promener. Un taxi les mena à l'église de St. Mary Abbots à Kensington où, dit-elle à Gabriel, elle allait prier quand elle était toute jeune. Ce n'était pas une église très ancienne ; elle était flanquée d'une très haute tour, dont les fondations, cependant, remontaient au XIᵉ siècle et semblaient surgir, à ses yeux émerveillés, du fond de la terre, pour ériger la véritable église, aussi ancienne que ses fondations.

Tout avait été conçu afin que la disposition des cloîtres, les pénombres, les arches, les labyrinthes et jusqu'aux jardins de St. Mary Abbots paraissent aussi anciens que les fondations de l'abbaye. C'était comme si, commenta Gabriel, l'Angleterre catholique était le fantôme convers de l'Angleterre protestante, apparaissant comme un feu follet dans les couloirs, les ruines et les cimetières du monde sans images du puritanisme anglo-saxon.

— Sans images, mais avec musique, corrigea Inez en souriant.

— Sans doute pour compenser, dit Gabriel.

La High Street est commode et civilisée ; elle abonde en magasins utiles et bienvenus, papeteries, vendeurs de machines à écrire et de photocopieuses, *boutiques** de vêtements pour jeunes, marchands de journaux et de revues, librairies, et un grand parc ouvert derrière des grilles élégantes, Holland Park, un de ces nombreux espaces verts qui parsèment la ville de Londres et lui donnent sa beauté particulière. Les avenues sont utilitaires, larges et laides — au contraire des grands boulevards parisiens —, mais elles protègent le secret des rues tranquilles qui, avec une régularité géométrique, débouchent sur des parcs entourés de grilles, dotés de hautes futaies, de pelouses soigneusement peignées et de bancs pour la lecture, le repos ou la solitude. Inez aimait revenir à Londres pour y retrouver ces havres de paix qui ne changeaient pas plus que les saisons, ces jardins intemporels, indépendants de la mode envahissante et du vacarme tribal par lesquels la jeunesse annonce son arrivée, comme si le silence la vouait à l'inexistence.

Inez, emmitouflée dans une grande cape noire doublée de peau de renne blond contre le froid de novembre, prit le bras de Gabriel. Le chef d'orchestre, dans son costume de velours et sa longue écharpe rouge qui, par moments, s'envolait comme une immense flamme captive, était résitant au froid.

— Réconciliation ou peur ? reprit-elle.

— Aurais-je dû te retenir à l'époque ? répondit-il sans la regarder, le nez baissé sur la pointe de ses chaussures.

— Aurais-je dû, moi, te retenir ?

Inez avait laissé sa main sans gant dans la poche de la veste de Gabriel.

— Non, remarqua-t-il, je crois qu'il y a vingt ans aucun de nous deux ne voulait s'engager dans autre chose que sa propre carrière...

— L'ambition, l'interrompit-elle. Notre ambition. La tienne comme la mienne. Nous ne voulions pas la sacrifier à un autre, un autre être. N'est-ce pas ? Cela a-t-il suffi ? Cela suffit-il ?

— Peut-être. Moi je me suis senti ridicule après la raclée. Je n'ai jamais pensé que c'était de ta faute, Inez, mais j'ai effectivement pensé que si tu étais capable de coucher avec un type comme ça, tu n'étais pas la femme que je voulais.

— Et tu le crois toujours ?

— Je dis simplement que ton idée de la liberté du corps ne correspondait pas à la mienne.

— Tu crois que je couchais avec ce garçon parce que je le considérais comme inférieur et que je pouvais en disposer à mon gré ?

166

— Non, je crois que non seulement tu ne choisissais pas avec suffisamment de discernement, mais que tu avais honte et que c'est pour cela que tu rendais tes choix publics.

— Pour qu'on ne puisse pas m'accuser de snobisme sexuel.

— Non plus. Pour qu'on ne croie pas à ta discrétion et que cela te libère encore plus. Cela devait mal finir. Les rapports sexuels doivent rester secrets.

Inez se détacha de Gabriel en manifestant quelque irritation.

— Les femmes sont meilleures gardiennes des secrets d'alcôve que les hommes. Vous, vous êtes des machos, des paons. Vous avez besoin de vous vanter, comme des mâles victorieux dans leur lutte pour la femelle.

Il lui jeta un regard pénétrant.

— C'est bien à ça que je fais allusion. Tu t'es choisi un amant qui allait parler de toi. C'est là que tu as manqué de discrétion.

— Et c'est pour ça que tu es parti sans un mot ?

— Non. J'avais une raison plus sérieuse.

Il rit et lui serra le bras.

— Inez, toi et moi ne sommes sans doute pas nés pour passer nos vieux jours ensemble. Je ne t'imagine pas aller chercher le lait au coin de la rue pendant que je vais acheter le journal en traînant la jambe et terminant la journée devant la télévision à titre de récompense pour être encore en vie...

Elle ne rit pas. Elle désapprouvait la comédie de Gabriel. Il s'éloignait de la vérité. Pourquoi s'étaient-ils séparés après les représentations du *Faust* à Mexico ? Il y avait presque vingt ans...

— Il n'y a pas d'histoire sans ombres, déclara Gabriel.

— Il y a eu des ombres dans ta vie pendant tout ce temps ? lui demanda-t-elle d'une voix affectueuse.

— Je ne sais comment nommer l'attente.

— L'attente de quoi ?

— Je ne sais pas. Peut-être de quelque chose qui devait arriver afin de rendre notre réunion inévitable.

— Pour la rendre fatale, tu veux dire ?

— Non, pour éviter la fatalité, justement.

— Que veux-tu dire ?

— Je ne sais pas très bien. C'est un sentiment dont je ne prends conscience que maintenant, en te revoyant après si longtemps.

Il avait craint, dit-il, en lui offrant cet amour, de l'engager dans un destin qui n'était pas le sien, et peut-être pas non plus, égoïstement, le sien à lui.

— Tu as eu beaucoup de femmes, Gabriel ? demanda Inez d'un air moqueur.

— Oui, mais je ne me souviens plus d'une seule. Et toi ?

Le sourire d'Inez se transforma en éclat de rire.

— Je me suis mariée.

— Je l'ai appris. Avec qui ?

— Tu te rappelles ce musicien ou poète ou censeur officiel qui venait assister aux répétitions ?

— Le type qui mangeait des tartes aux haricots ?

168

Elle rit ; celui-là même ; le licenciado Cosme Santos.

— Il a grossi ?

— Il a grossi. Et tu sais pourquoi je l'ai choisi, lui ? Pour la raison la plus minable et la plus simple du monde. C'était un homme qui me donnait un sentiment de sécurité. Ce n'était pas le freluquet violent qui, je dois le reconnaître, était un véritable *stud*, un étalon jamais en panne de virilité, et ne te laisse pas raconter d'histoires, il n'y a pas une femme qui résiste à ça. Mais il n'était pas non plus le grand artiste, l'ego suprême qui me promettrait d'être son égale en création pour, en fait, me laisser derrière lui, seule, au nom même de ce qui devait nous réunir, Gabriel, la sensibilité, l'amour de la musique...

— Combien de temps a duré ton mariage avec le licenciado Cosme Santos ?

— Pas une minute —, elle fit une grimace comme si elle était parcourue d'une frisson de froid. — Il n'y eut *don* ni de sexe ni d'esprit. C'est pour ça que cela a pu durer cinq ans. Il ne comptait pas. Il ne me dérangeait pas. Tant qu'il ne s'est pas donné d'importance et qu'il n'est pas intervenu dans ma vie, je l'ai toléré. Quand il a décidé de devenir important pour moi, le pauvre, je l'ai quitté. Et toi ?

Ils avaient fait le tour complet des allées arborées de Holland Park et traversaient à présent la pelouse sur laquelle quelques enfants jouaient au *soccer*. Gabriel tarda à répondre. Elle perçut qu'il retenait quelque chose, une chose qui l'aurait déconcerté lui-même, plus qu'elle.

— Tu te souviens quand nous nous sommes rencontrés ? dit enfin Inez. Tu étais mon protecteur. Puis tu m'as abandonnée. Dans le Dorset. Tu m'as laissée avec une photo amputée d'où avait disparu un jeune homme dont j'aurais aimé tomber amoureuse. Tu m'as de nouveau abandonnée à Mexico. Ça fait deux fois. Je ne te le reproche pas. Je t'ai rendu le sceau de cristal que tu m'avais offert sur la plage anglaise en 1940. Crois-tu pouvoir me faire un don en retour maintenant ?

— Ce n'est pas impossible, Inez.

Il y avait un tel ton de doute dans sa voix qu'Inez accentua la chaleur de la sienne.

— Je cherche à comprendre. C'est tout. Et ne me dis pas que ce fut l'inverse, que c'est moi qui t'ai abandonné. Ou serait-ce que j'avais l'air trop *disponible* et que tu as été dégoûté par ce qui ressemblait à une *facilité* excessive ? Tu aimes conquérir, je sais. T'ai-je semblé trop *offerte* ?

— Personne n'a été plus difficile à conquérir que toi, dit Gabriel comme ils ressortaient dans l'avenue.

— Comment ?

Le bruit soudain de la circulation l'assourdit.

Ils traversèrent au feu vert et s'arrêtèrent devant le cinéma Odéon au carrefour d'Earls Court Road.

— Par où veux-tu aller ? lui demanda-t-il.

— Earls Court est très bruyant. Viens. Il y a une petite rue, au coin.

La bande sonore du cinéma, la musique typique des films de James Bond, arrivait jusqu'à la petite rue. Mais au fond se trouvait le jardin arboré, entouré de grilles, d'Edward's Square avec ses demeures élégantes aux balcons de fer forgé et son pub rempli de fleurs. Ils entrèrent, prirent une table et commandèrent deux bières.

Promenant son regard autour de lui, Gabriel déclara qu'un endroit comme celui-ci était un refuge. À Mexico, il avait au contraire éprouvé le sentiment que la ville n'offrait aucun *abri*, qu'on s'y sentait sans protection, qu'on pouvait être détruit d'un instant à l'autre...

— Et c'est à ça que tu m'as abandonnée, en connaissance de cause ? siffla-t-elle, mais sans formuler de reproches.

Il la regarda dans les yeux.

— Je t'ai sauvée de quelque chose de pire. Il y avait plus grave que le danger de vivre à Mexico.

Inez n'osa pas demander quoi. S'il ne comprenait pas qu'elle ne pouvait pas interroger plus directement, mieux valait se taire.

— Je voudrais bien te dire de quel danger il s'agissait, mais en vérité je ne sais pas.

Elle ne se fâcha pas. Elle sentit qu'il ne disait pas cela par évitement.

— Je sais seulement que quelque chose en moi m'a interdit de te demander d'être ma femme pour toujours. Contre mon gré, je l'ai fait pour toi, c'était comme ça.

— Et tu ne sais toujours pas quel obstacle t'a empêché, pourquoi tu ne m'as pas demandé... ?

— Je t'aime, Inez, je te veux pour toujours à mes côtés. Sois ma femme, Inez... Voilà ce que j'aurais dû te dire.

— Même maintenant tu ne le dirais pas ? Je l'aurais accepté.

171

— Non. Même maintenant.

— Pourquoi ?

— Parce que ce que je crains n'est pas encore arrivé.

— Et tu ne sais pas ce que tu crains ?

— Non.

— Ne crains-tu pas que ce que tu crains ne se soit déjà passé et que ce qui s'est déjà passé, Gabriel, c'est ce qui ne s'est pas passé ?

— Non. Je t'assure que cela ne s'est pas encore passé.

— Quoi ?

— Le danger que je représente pour toi.

Longtemps après, ils ne se souvinrent plus si certaines choses avaient été réellement dites, ou seulement pensées au moment où ils se contemplaient après tant d'années, ou pensées chacun pour soi, avant ou après la rencontre. Ils se défièrent l'un l'autre et defièrent tous les êtres humains — qui se souvient exactement de l'ordre d'une conversation, qui peut affirmer si les paroles de la mémoire furent réellement prononcées ou seulement pensées, imaginées, retenues ?

Quoi qu'il en soit, avant le concert, Inez et Gabriel ne savaient plus si l'un ou l'autre avait osé dire nous nous séparons parce que nous ne voulons pas nous voir vieillir, et sans doute ne voulons-nous pas nous aimer pour la même raison.

— Nous nous évanouissons comme des fantômes.

— C'est ce que nous avons toujours été, Inez. Il n'y a pas d'histoire sans ombres, et nous confondons parfois ce que nous ne voyons pas avec notre propre irréalité.

— Tu te sens triste ? Regrettes-tu quelque chose que tu aurais pu faire et que tu as laissé passer ? Aurions-nous dû nous marier à Mexico ?

— Je ne sais pas. Je peux seulement dire que nous avons eu la chance de ne pas connaître le poids d'un amour mort ou d'un mariage devenu insupportable.

— Des yeux qui ne voient plus, un cœur qui ne ressent rien.

— J'ai parfois pensé que t'aimer à nouveau ne serait qu'une indécision volontaire...

— Moi, je pense que nous ne nous aimons pas parce que nous ne voulons pas nous voir vieillir...

— As-tu pensé, en revanche, au tremblement que tu éprouveras si je marche un jour sur ta tombe ?

— Ou moi sur la tienne ?

Elle éclata de rire, enfin.

Ce qui est sûr, c'est que Gabriel sortit dans le froid de novembre en se disant que nous n'avons d'autre salut que d'oublier nos péchés. Non pas les pardonner, les oublier.

Inez, de son côté, rentra dans son hôtel pour s'y préparer un bain luxueux en se disant que les amours contrariées, il faut les laisser rapidement derrière soi.

Pourquoi, alors, chacun des deux avait-il le sentiment que cette relation, cet amour, cette *affaire**, n'était pas finie, bien que l'un et l'autre, Inez et Gabriel, la considérassent comme termi-

173

née, voire jamais réellement commencée ? Qu'est-ce qui s'interposait entre les deux, non seulement pour empêcher la continuation de ce qui avait été, mais pour interdire qu'ait lieu ce qui n'avait jamais eu lieu ?

Tandis qu'elle se savonnait avec délectation, Inez se disait que la passion originelle ne se répète jamais. Gabriel, marchant le long du Strand (poudre de 1940, poussière de 1967), ajouterait que l'ambition avait vaincu la passion, mais que le résultat était le même : nous nous évanouissons comme des fantômes. Tous deux estimaient qu'en tout état de cause, rien ne devait interrompre la continuité des faits. Et les faits ne dépendaient plus ni de la passion ni de l'ambition ni de la volonté de Gabriel Atlan-Ferrara ou d'Inez Prada.

Ils étaient tous deux épuisés. Ce qui devait être serait. Ils allaient accomplir le dernier acte de leur relation. *La Damnation de Faust* de Berlioz.

Dans la loge, déjà revêtue de son costume de scène, Inez Prada refit ce qu'elle faisait, obsessionnellement, depuis que Gabriel Atlan-Ferrara avait deposé dans ses mains la photographie, puis avait quitté l'hôtel Savoy sans dire un mot.

C'était la vieille photo de Gabriel jeune, souriant, échevelé, les traits moins définis, mais les lèvres pleines d'une gaieté qu'Inez ne lui avait jamais connue. Il était torse nu ; le portrait ne descendait pas plus bas.

Inez, seule dans la suite du Savoy, un peu éblouie par la rencontre entre le décor argenté et le pâle soleil d'hiver qui est comme un enfant à venir, avait longuement contemplé la photo, la posture du jeune Gabriel, le bras gauche tendu, séparé du corps, comme s'il entourait les épaules de quelqu'un.

À présent, dans la loge de Covent Garden, l'image s'était complétée. Ce qui avait été une absence — Gabriel seul, Gabriel jeune — s'était peu à peu transformé, d'abord par d'imperceptibles ombres, puis par des contours de plus en plus précis, une silhouette devenue inconfondable, en une présence sur la photo : Gabriel avait le bras posé autour des épaules du jeune homme blond, mince, souriant lui aussi, son exact contraire, le teint extrêmement clair, le sourire ouvert, sans énigme. L'énigme consistait en la réapparition lente, presque insensible, du garçon absent, sur la photo.

Celle-ci était le reflet d'une camaraderie ostensible, de l'orgueil de deux êtres qui se rencontrent et se reconnaissent dans leur jeunesse pour s'affirmer ensemble dans la vie, jamais séparés.

Qui est-ce ?

« Mon frère. Mon camarade. Si tu veux que je parle de moi, il faudra parler de lui... »

Est-ce bien ce qu'avait dit Gabriel ? Il y avait plus de vingt-cinq ans...

C'était comme si la photo invisible s'était révélée grâce au regard d'Inez.

La photo d'aujourd'hui redevenait celle de la première rencontre dans la maison du bord de mer.

Le jeune homme disparu en 1940 réapparaissait en 1967.

C'était lui. Cela ne faisait aucun doute.

Inez répéta les paroles de la première rencontre :

— Aide-moi. Aime-moi. E-dé. E-mé.

Elle fut prise d'une terrible envie de pleurer la perte. Elle sentit dans sa tête une barrière mentale qui lui barrait le passage : interdit de toucher aux souvenirs, interdit de fouler le sol du passé. Mais elle n'arrivait pas à sortir de la contemplation de cette image dans laquelle les traits de la jeunesse renaissaient grâce à la contemplation d'une femme elle aussi absente. Suffisait-il de regarder avec attention pour qu'une chose disparue réapparaisse ? Tout ce qui était occulté était-il simplement en attente de notre regard attentif ?

L'appel sur scène la tira de sa méditation.

Plus de la moitié de l'opéra s'était déjà déroulé, elle ne faisait son entrée que dans la troisième partie, avec une lampe à la main. Faust s'est caché. Méphistophélès s'est enfui. Marguerite va chanter pour la première fois :

Que l'air est étouffant !
J'ai peur comme une enfant !

Elle croisa le regard d'Atlan-Ferrara dirigeant l'orchestre d'un air absent, totalement absorbé, très professionnel ; les yeux, cependant, démentaient cette sérénité, ils dénotaient une cruauté et une terreur qui l'épouvantèrent dès qu'elle entama la seconde strophe, *c'est mon rêve d'hier qui m'a toute troublée*, et en cet instant, sans cesser de chanter, elle cessa d'écouter sa voix, elle savait qu'elle chantait mais elle ne s'entendait

176

pas, elle n'entendait pas l'orchestre, elle fixait Gabriel tandis qu'un autre chant, à l'intérieur d'Inez, fantôme de l'aria de Marguerite, la séparait d'elle-même, la faisait entrer dans un rite inconnu, s'emparait de son rôle sur scène comme d'une cérémonie secrète que les autres, tous ceux qui avaient payé pour assister à la représentation de *La Damnation de Faust* à Covent Garden, n'avaient pas le droit de partager : le rite n'appartenait qu'à elle, mais elle ne savait comment le représenter, elle devint confuse, elle ne s'écoutait plus, elle ne voyait que le regard hypnotique d'Atlan-Ferrara lui reprochant sa faute professionnelle, que chantait-elle ? que disait-elle ? mon corps n'existe pas, mon corps ne touche pas terre, la terre commence aujourd'hui, jusqu'au moment où elle lance un cri hors du temps, une anticipation de la grande cavalcade infernale qui marque le point culminant de l'œuvre.

Oui, soufflez ouragans, criez, forêts profondes,
Croulez, rochers, torrents !...

Alors la voix d'Inez Prada sembla se transformer en écho d'elle-même, puis en compagne, puis finalement en voix étrangère, séparée, voix d'une puissance comparable à celle des coursiers noirs, au battement des ailes nocturnes, aux tempêtes aveugles, aux cris des damnés, une voix surgie du fond de l'auditoire, fendant les rangs de spectateurs, d'abord entre les rires, puis à la stupéfaction, bientôt à l'effroi de l'assemblée d'hommes et de femmes d'âge mûr, en habit de soirée, tout pomponnés, poudrés, rasés de près, les

177

hommes secs et pâles ou rouges comme des tomates, leurs épouses en grand décolleté, parfumées, blanches comme du lait caillé ou fraîches comme des roses éphémères, ce public distingué de Covent Garden maintenant debout, se demandant s'il s'agissait d'une audace suprême de l'excentrique chef français, la « grenouille » Atlan-Ferrara, capable de conduire à ces extrêmes la représentation d'une œuvre suspectement « continentale », pour ne pas dire « diabolique »...

Le chœur se mit à hurler et, comme s'il se faisait subir une apocope, sauta toute la troisième partie pour se précipiter dans la quatrième, la scène des cieux déchaînés, des tempêtes aveugles, des tremblements de terre souterrains, *Sancta Margarita, Aaaaaah !*

Du fond de la salle avancèrent vers la scène la femme nue à la chevelure rousse ébouriffée, les yeux noirs brillants de haine et de désir de vengeance, la peau nacrée zébrée d'égratignures et couverte d'hématomes, portant à bout de bras le corps immobile de la fillette, l'enfant couleur de mort, rigide dans les mains de la femme qui l'offrait comme un sacrifice insupportable, la fillette au filet de sang entre les cuisses, au milieu des cris, du tumulte, de l'indignation du public ; montant sur le plateau, paralysant de terreur les spectateurs, offrant au monde le corps de la fillette morte tandis qu'Atlan-Ferrara faisait passer dans son regard les feux les plus féroces de la Création, que ses mains continuaient à diriger, que le chœur et l'orchestre continuaient à lui obéir, c'était peut-être là une innovation de plus du génial maestro, n'avait-il pas dit qu'il avait envie de faire un Faust nu ? le double exact de Marguerite montait nue sur la scène avec un bébé ensanglanté dans les bras, le chœur chantait *Sancta Maria, ora pro nobis*, Méphistophélès ne savait que dire en dehors du texte établi, mais Atlan-Ferra le disait à sa place, *hop ! hop ! hop !*, l'étrangère qui s'était emparée du plateau sifflait *has, has, has*, tout en s'approchant d'Inez Prada immmobile, sereine, les yeux fermés, mais les bras tendus pour recevoir la fillette ensanglantée, prête à se laisser dénuder à grands cris, les vêtements déchirés, griffée, sans opposer aucune résistance, par l'intruse à la chevelure rousse et aux yeux noirs, *has, has, has*, jusqu'à ce qu'elles se retrouvent nues toutes les deux devant les spectateurs paralysés par les émotions contradictoires, identiques l'une à l'autre, sauf que c'était Inez qui portait maintenant l'enfant, Inez transformée en la femme sauvage, comme dans un jeu d'optique digne de la grande *mise en scène** d'Atlan-Ferrara, la femme sauvage se fondant dans Inez, disparaissant dans Inez, et alors le corps nu qui occupait le centre du plateau tombait sur le sol, étreignant la fillette violée et le chœur poussait un cri terrible :

> *Sancta Margarita, ora pro nobis*
> *has ! irimuru karabao ! has ! has ! has !*

Dans le silence d'effroi qui suivit le tumulte, on entendit s'élever une note spectrale, jamais écrite par Berlioz, le son d'une flûte jouant une musique inédite, rapide comme le vol des oiseaux de proie. Musique d'une douceur et d'une mélancolie que nul n'avait jamais entendue. Celui qui joue de la flûte est un jeune homme pâle, blond, couleur de sable. Il a les traits sculptés au point qu'une taille de plus du nez effilé, des lèvres minces ou des pommettes lisses les aurait peut-être brisés ou effacés. La flûte est en ivoire, elle est primitive, ou très ancienne, ou mal faite... Elle a l'air rescapée de l'oubli ou de la mort. Son insistance solitaire veut signifier l'ultime parole. Le jeune homme blond, cependant, n'a pas l'air de souffler dans la flûte. Le jeune homme blond est le manque de musique, il occupe le centre d'une scène vide face à un auditoire absent.

7

Il en sera donc ainsi. Elle redeviendra. Elle reviendra.

Elle s'en remettra alors à la seule compagnie qui la consolera de quelque chose qu'elle commencera à esquisser dans ses rêves comme une « chose perdue ».

C'est ce que lui dira son instinct. La « chose perdue » sera un ancien village qui sera toujours pour elle à venir ; il n'a jamais *déjà été*, il *sera déjà* parce qu'elle y connaîtra le bonheur qu'elle n'a pas perdu, mais qu'elle y retrouvera.

Comment sera cette chose qui ne se perdra que pour être retrouvée ?

C'est ce qu'elle saura le mieux. Peut-être pas la seule chose, mais celle qu'elle saura le mieux.

Il y aura un centre dans ce lieu. Quelqu'un occupera ce centre. Une femme comme elle. Elle la regardera et elle se verra elle-même, car elle n'aura pas d'autre moyen d'exprimer ces mots terribles, *je suis*, qu'en les traduisant aussitôt en l'image de la grande figure assise par terre, couverte de haillons et d'objets de métal susceptibles

181

d'être troqués contre de la viande ou des pots, toutes sortes d'objets « précieux » qui auront suffisamment de valeur reconnue pour pouvoir être échangés contre d'autres choses de moindre valeur, ajoutera-t-elle, mais plus nécessaires pour vivre.

Il n'y aura pas trop de manque. La mère enverra les hommes chercher de la nourriture et ceux-ci reviendront en soufflant, couverts d'égratignures, les épaules chargées de sangliers et de cerfs, mais ils rentreront aussi parfois emplis de crainte, courant à quatre pattes, ce sera quand le père se redressera et leur montrera comme ça, sur deux pattes, l'autre posture c'est fini, désormais nous nous tiendrons comme ça, sur deux pieds, telle est la loi, et ils se lèveront, mais lorsque la mère se réinstallera sur le trône de ses larges hanches, ils viendront à elle, l'entoureront de leurs bras et l'embrasseront, ils lui caresseront les mains et elle fera les signes des doigts sur la tête de ses fils, elle leur répétera ses paroles de toujours, telle est la loi, vous serez tous mes fils, je vous aimerai tous également, aucun ne sera meilleur que l'autre, telle sera la loi, ils pleureront et chanteront de joie, ils embrasseront la mère couchée par terre avec un amour immense, et elle, la fille, se joindra au grand acte d'amour, et la mère répétera, tous égaux, telle sera la loi, tout sera partagé, l'indispensable pour vivre contents, l'amour, la défense, la menace, le courage, l'amour encore, tous, toujours...

Alors la mère lui demandera de chanter et elle exprime le désir de protection dont elle aura toujours besoin, c'est cela qu'elle chante.

Elle chante son désir de présence dont elle aura toujours la nostalgie.

Elle chante son désir d'éviter les dangers qu'elle rencontrera sur son chemin.

Car désormais elle sera seule et ne saura se défendre.

Avant, nous avions tous la même voix et nous chantions sans effort.

Parce qu'elle nous aimait tous également.

Maintenant, c'était le temps d'un seul chef ordonnant les châtiments, les récompenses et les tâches. Telle est la loi.

Maintenant était venu le temps d'éloigner les femmes et de les remettre à d'autres villages afin d'éviter l'horreur de frères et sœurs forniquant ensemble. Telle est la loi.

Maintenant est venu le temps nouveau où le père commande et désigne sa préférence pour le fils aîné. Telle est la loi.

Avant nous étions tous égaux.

Les mêmes voix.

Elle les regrettera.

Elle commencera à imiter ce qu'elle entend dans le monde.

Pour ne pas être seule.

Elle se laissera guider par le son d'une flûte.

8

Il dirigea une dernière fois le *Faust* de Berlioz au Festspielhaus de Salzbourg, la ville où il s'était retiré pour y passer ses derniers jours. Tandis qu'il dirigeait les chanteurs, le chœur et l'orchestre vers le finale apocalyptique de l'opéra, il s'imaginait redevenu le jeune maestro qui montait l'œuvre pour la première fois dans un lieu qu'il aurait voulu lui aussi inaugural, mais qui était, fatalement, empli de passé.

À quatre-vingt-douze ans, Gabriel Atlan-Ferrara refusait avec dédain le tabouret qu'on lui offrait pour diriger assis ; lui, un peu courbé, certes, mais debout, car ce n'est que debout qu'il pouvait convoquer la réponse musicale au caractère destructif de la nature qui tendait à retourner aux grandes origines pour se livrer aux bras du Démon. Est-il exact que, malgré les sonorités de la musique, il entendait des pas s'approcher du podium pour lui sussurer à l'oreille : « Je suis venue réparer le mal infligé » ?

Sa réponse était vigoureuse, il n'hésita pas, il allait mourir debout, comme un arbre, dirigeant un orchestre, comprenant jusqu'à la fin que la musique ne peut être qu'une évocation impressionniste et qu'il revient au chef d'imposer une contemplation sereine, seule capable de communiquer à l'œuvre sa véritable passion. C'était le paradoxe de sa création. Le vieil homme avait compris cela et en cette soirée à Salzbourg, il aurait aimé l'avoir su et l'avoir communiqué à Londres en 1940, à Mexico en 1949, puis de nouveau à Londres en 1967, quand un public stupide était sorti en croyant que son *Faust* copiait la mode nudiste d'*Oh Calcutta !* Sans soupçonner un seul instant le secret exposé au regard de tous...

Mais ce n'était que maintenant qu'il était vieux, à Salzbourg, en 1999, qu'il voyait le cheminement musical de l'impression à la contemplation, de la contemplation à l'émotion, et il aurait tant voulu — il en gémit imperceptiblement — l'avoir vu avant pour en parler à temps à Inez Prada...

Au cours du troisième acte de *La Damnation de Faust*, voyant apparaître la jeune mezzo-soprano qui interprétait le rôle de Marguerite, le maestro se demanda comment il pourrait dire à cette dernière que pour lui la beauté est la seule preuve de l'incarnation divine dans le monde ? Inez le savait-elle ? Tout en dirigeant pour la dernière fois de sa vie l'opéra de Berlioz qui les avait réunis, Gabriel s'adressa au souvenir de la femme aimée :

— Ne t'impatiente pas. Attends. On te cherche. On te trouvera.

Ce n'était pas la première fois qu'il s'adressait ainsi à Inez Prada. Pourquoi n'avait-il jamais pu dire : « Je te cherche. Je te trouverai » ? Pourquoi était-ce toujours *on, ils, les autres*, qui devaient la rechercher, la trouver, *la revoir* ? Jamais *lui* ?

La profonde mélancolie avec laquelle Gabriel Atlan-Ferrara dirigeait l'opéra de Berlioz, si associé à l'instinct d'Inez, ressemblait à l'acte qui consiste à toucher un mur pour s'apercevoir qu'il n'existe pas. Puis-je encore me fier à mes sens ?

La dernière fois qu'ils s'étaient parlé au Savoy de Londres, ils s'étaient demandé : qu'as-tu fait pendant tout ce temps ? pour ne pas demander : que t'est-il arrivé ? et encore moins : comment allons-nous finir toi et moi ?

Il y avait eu des phrases éparses sans importance aux yeux de quiconque sauf aux siens.

— Au moins, nous n'aurons pas connu le poids d'un amour mort ou d'un mariage devenu insupportable.

— *Out of sight, out of mind*, comme disent les Anglais...

— Loin des yeux, loin du cœur.

La passion première ne se répète jamais. Le *regret**, en revanche, ne nous quitte pas. La nostalgie. Celle-ci devient mélancolie et nous habite comme un fantôme frustré. Nous savons faire taire la mort. Nous ne savons pas dompter la souffrance. Nous devons nous contenter d'un amour qui ressemble à celui dont nous avons gardé le souvenir dans le sourire d'un visage disparu. Est-ce peu de chose ?

« Je meurs, mais l'univers continue. Séparé de toi, je suis inconsolable. Mais si tu es mon âme et que tu m'habites comme un deuxième corps, ma mort cesse d'avoir moins d'importance que celle d'un inconnu. »

La représentation fut un triomphe, un hommage crépusculaire, et Gabriel Atlan-Ferrara quitta rapidement, quoique à regret, le podium du chef d'orchestre.

— Magnifique, maestro, bravo, *bravissimo*, lui dit le portier du théâtre.

— Tu es devenu un vieillard qu'on a envie de tuer, lui répondit aigrement Atlan-Ferrara, sachant qu'il s'adressait à lui-même et non au vieux concierge stupéfait.

Il refusa qu'on le raccompagne chez lui. Il n'était pas un touriste égaré. Il vivait à Salzbourg. Il avait décidé que, s'il devait mourir, il voulait mourir debout, sans attentions particulières, ni sursauts ni aide. Il rêvait d'une mort subite et douce. Il ne se faisait pas d'illusions romantiques. Il n'avait pas préparé de « dernière phrase » célèbre ; il ne croyait pas non plus que le seuil de la mort le réunirait, lyriquement, à Inez Prada. Il savait, depuis leur dernière nuit à Londres, qu'elle était partie en autre compagnie. Le jeune homme blond — mon camarade, mon frère — avait disparu, à jamais, de la photo. Il était ailleurs.

— *Il est ailleurs**, sourit Gabriel, content malgré tout.

Mais Inez avait elle aussi disparu, depuis ce soir de novembre 1967 à Covent Garden. Comme le public pensait que tout faisait partie de l'exceptionnelle « mise en scène » de Gabriel Atlan-Ferrara, toutes les explications étaient admises.

L'histoire qui se racontait et que rapportaient les médias était qu'Inez Prada avait disparu par une trappe du théâtre, un bébé dans les bras, enveloppée d'un nuage de fumée. Pur effet de scène. *Coup de théâtre**.

— Inez Prada a définitivement quitté la scène. C'était le dernier opéra qu'elle chantait. Non, elle ne l'a pas annoncé, car l'attention se serait alors fixée sur ses adieux et non sur le spectacle lui-même. Inez Prada était dotée d'une grande conscience professionnelle. Elle a toujours été au service de l'œuvre, de l'auteur, du chef d'orchestre et, par conséquent, du public. Oui, professionnelle jusqu'au bout des ongles. Elle avait l'instinct de la scène...

Gabriel resta seul, avec ses cheveux noirs ébouriffés, la peau sombre, brunie par le soleil et la mer, le sourire brillant... Seul.

Il compta ses pas du théâtre jusqu'à sa maison. C'était une manie acquise dans sa vieillesse, compter combien de pas il faisait par jour. C'était le côté comique de l'affaire. Le côté triste, c'était qu'il sentait à chaque pas sous la plante de ses pieds la blessure de la terre. Il imaginait les cicatrices qui s'accumulaient sur les couches de plus en plus profondes et dures de la croûte de poussière que nous habitons.

Ulrike l'attendait, la Dicke, avec ses nattes refaites, son tablier craquant de propreté et sa douloureuse démarche aux jambes écartées. Elle posa une tasse de chocolat devant lui.

— Ah ! soupira Atlan-Ferrara en se laissant tomber dans le fauteuil Voltaire. Finie la passion. Il nous reste le chocolat.

— Mettez-vous à l'aise, lui dit la servante. Ne vous inquiétez pas. Tout est en ordre.

Elle tourna les yeux vers le sceau de cristal qui occupait sa place habituelle sur un trépied posé sur le guéridon devant la fenêtre qui encadrait la vue sur Salzbourg.

— Oui, Dicke, tout est en ordre. Tu n'as plus besoin de casser d'autres sceaux de cristal...

— Monsieur... je..., bégaya la gouvernante.

— Écoute, Ulrike, déclara Gabriel en esquissant un geste élégant de la main. Aujourd'hui, j'ai dirigé le *Faust* pour la dernière fois. Marguerite est montée au ciel définitivement. Je ne suis plus prisonnier d'Inez Prada, ma chère Ulrike...

— Monsieur, ce n'était pas mon intention... Je vous assure, je suis une femme reconnaissante. Je sais que je vous dois tout.

— Tranquillise-toi. Tu sais très bien que tu n'as pas de rivale. Ce n'est pas d'une maîtresse dont j'ai besoin, c'est d'une bonne.

— Je vais vous préparer du thé.

— Qu'est-ce qui te prend ? Je suis déjà en train de boire du chocolat.

— Pardon. Je suis très nerveuse. Je vais vous chercher votre eau minérale.

Atlan-Ferrara prit le sceau de cristal et se mit à le caresser.

Il s'adressa à Inez à voix basse.

— Aide-moi à cesser de penser au passé, mon amour. Quand nous vivons pour le passé, nous lui faisons prendre des proportions telles qu'il usurpe notre vie. Dis-moi que mon présent consiste à vivre veillé par une servante.

— Tu te souviens de notre dernière conversation ? lui répondit la voix d'Inez. Pourquoi ne racontes-tu pas tout ?

— Parce que la seconde histoire est une autre vie. Vis-la, toi. Moi je m'en tiens à celle-ci.

— Y a-t-il quelqu'un à qui tu refuses l'existence ?

— Peut-être.

— Tu en connais le prix ?

— Je te la refuserai à toi.

— À quoi ça te sert ? Moi j'ai déjà vécu.

— Regarde-moi. Je suis un vieil égoïste.

— Ce n'est pas vrai. Tu t'es occupé de ma fille pendant toutes ces années. Je t'en remercie, avec amour, avec humilité, je te suis reconnaissante.

— Bah ! Sentimentalisme, tout ça. Je lui donne ce qu'elle mérite.

— Merci, quand même, Gabriel.

— J'ai vécu pour mon art, pas pour les émotions faciles. Adieu, Inez. Retourne d'où tu viens.

Il contempla la vue sur Salzbourg. Le jour se levait, imperceptiblement. Il fut surpris de la rapidité avec laquelle la nuit avait passé. Combien de temps avait-il été en conversation avec Inez ? Quelques minutes, pas plus...

— N'ai-je pas toujours dit que la prochaine représentation du *Faust* serait toujours la première ? Cela te donne une idée, Inez, de mon renoncement. La prochaine réincarnation de l'œuvre ne sera plus la mienne.

— Il y a des corps qui sont venus au monde pour errer, d'autres pour incarner, dit Inez. Ne sois pas impatient.

— Mais non, je suis satisfait. J'ai été patient. J'ai attendu longtemps et à la fin j'ai été récompensé. Tout ce qui devait revenir est revenu. Tout ce qui devait se réunir s'est réuni. Maintenant, je dois garder le silence, Inez, afin de ne pas rompre la continuité des choses. Tout à l'heure, au Festspielhaus, je t'ai sentie près de moi, mais ça n'était qu'un sentiment. Je sais que tu es très loin. Mais moi-même, suis-je autre chose qu'une réapparition ? Je me demande parfois comment ils font pour me reconnaître, me saluer, alors qu'il est évident que je ne suis plus moi-même. Te souviens-tu encore de celui que j'ai été ? Où que tu sois, gardes-tu le souvenir de celui qui a tout sacrifié pour que tu redeviennes ?

Ulrike le regardait, debout devant lui, sans cacher son mépris.

— Vous continuez à parler tout seul. C'est un symptôme de démence sénile.

Atlan-Ferrara suivit le bruit insupportable des mouvements de la gouvernante, ses jupes raides, le cliquetis des clés, ses pieds traînants à cause de la démarche pénible aux jambes écartées.

— Reste-t-il un seul sceau de cristal, Ulrike ?

— Non, Monsieur, répondit la gouvernante, tête baissée, reprenant son service. Celui qui se trouve ici sur le guéridon est le dernier qu'il restait...

— Passe-le-moi, s'il te plaît...

Ulrike prit l'objet dans ses mains et le présenta au maestro avec un regard impudique et arrogant.

— Vous ne savez rien, maestro.

— Rien ? D'Inez ?

— L'avez-vous jamais vue réellement jeune ? L'avez-vous vu vieillir ? Ou avez-vous simplement tout imaginé parce que le temps des calendriers l'exigeait ? Comment allez-vous vieillir entre la défaite de la France et le *blitz* imposé à l'Angleterre par les Allemands, le voyage à Mexico et le retour à Londres, et pas elle ? Vous ne l'avez imaginée vieillissant que pour la faire vôtre, contemporaine...

— Non, Dicke, tu te trompes... j'ai voulu qu'elle soit mon unique pensée, éternelle. C'est tout.

La Dicke éclata d'un rire retentissant et approcha son visage de celui de son maître avec une férocité de panthère.

— Elle ne reviendra plus. Vous allez mourir. Vous la reverrez peut-être ailleurs. Elle n'a jamais quitté son pays d'origine. Elle n'est venue ici que pour un moment. Elle devait revenir dans ses bras. Mais lui ne reviendra jamais. Fais-toi une raison, Gabriel.

— Très bien, Dicke, soupira le maestro.

Mais en son for intérieur, il se disait : Notre vie est un recoin transitoire dont le sens est de faire exister la mort. Nous sommes le prétexte à la vie de la mort. La mort rend présent tout ce que nous avions oublié de la vie.

Il se dirigea d'un pas lent vers sa chambre où il examina avec attention deux objets posés sur la table de nuit.

L'un était la flûte en ivoire.

L'autre, la photographie encadrée d'Inez à jamais revêtue du costume de Marguerite dans le *Faust* de Berlioz, enlacée à un jeune homme, torse nu, blond comme les blés. Ils souriaient tous deux, franchement, sans énigme. Plus jamais séparés.

Il prit la flûte, éteignit la lumière et joua très doucement un passage du *Faust*.

La servante l'écouta de loin. C'était un vieil excentrique maniaque. Elle défit ses nattes. Les cheveux blancs lui tombaient jusqu'à la taille. Elle s'assit sur le lit, tendit les bras, marmonnant dans une langue étrange, comme si elle assistait à un accouchement ou à une mort.

9

Le souvenir de la terre perdue ne parviendra pas à la consoler.

Elle se promènera au bord de la mer, puis elle retournera dans les terres.

Elle essaiera de se souvenir comment était la vie avant, quand il y avait des gens, un foyer, un village, une mère, un père, une famille.

Maintenant elle marchera seule, les yeux fermés, s'efforçant d'oublier et de se remémorer en même temps, se privant de la vue afin de se livrer au son pur, essayant d'être ce qu'elle réussit à entendre, rien d'autre, tendant l'oreille vers le bruit de la source, le murmure des arbres, le bavardage des singes, l'éclat du tonnerre, le galop des aurochs, le combat des taureaux pour les faveurs de la femelle, tout ce qui la sauvera de la solitude et des dangers dus à la perte de communication et à la perte de mémoire.

Elle aimerait entendre un cri d'action, inconscient et discontinu, un cri de passion, lié à la douleur ou à la joie, elle aimerait surtout que les deux langages, celui de l'action et celui de la pas-

sion se mêlent, pour que les cris naturels redeviennent désir d'être avec l'autre, de dire quelque
chose à un autre, de clamer la nécessité, la sym-
pathie et l'attention à l'autre perdu depuis qu'elle
a quitté la maison, expulsée par la loi du père.

Désormais, qui te verra ? qui te prêtera attention, qui entendra ton appel angoissé, celui qui,
enfin, sortira de ta gorge lorsque tu monteras
la côte en courant, appelée par la hauteur de la
falaise de pierre, fermant les yeux afin d'alléger la
durée et la pénibilité de l'ascension ?

Un cri t'arrêtera.

Tu ouvriras les yeux et tu te verras au bord du
précipice, le vide à tes pieds, un ravin profond et,
de l'autre côté, sur une haute esplanade calcaire,
une silhouette qui agitera les bras, te signifiera
de tous les gestes de son corps, mais surtout par
ses cris, par toute la puissance de sa voix : *arrête,
attention, tu vas tomber...*

Il sera nu, aussi nu que toi.

Vous vous reconnaîtrez semblables par la
nudité ; lui sera couleur de sable, sur tout le
corps, la peau, les cheveux, les poils.

L'homme pâle te criera, arrête-toi, attention.

Tu entendras les sons è-dé, è-mé, aider, aimer,
lesquels se transformeront rapidement en quelque chose que tu ne reconnaîtras en toi-même
qu'à l'instant où l'homme de l'autre côté s'adres-
sera à toi : il me regarde, je le regarde, je lui crie,
il me crie, et s'il n'y avait pas eu quelqu'un là-bas,
je n'aurais pas crié ainsi, j'aurais crié pour faire
fuir une bande d'oiseaux noirs ou par peur d'une
bête aux aguets, mais maintenant je crie pour
demander ou pour remercier un autre être pareil

à moi, mais différent de moi, je ne crie plus par nécessité, je crie par désir, *è-dé*, *è-mé*, *aide-moi*, *aime-moi*...

Il dévalera les rochers avec un geste de prière que tu imiteras à grands cris, régressant sans pouvoir l'éviter au grognement, au hurlement, mais vous ressentirez l'un et l'autre dans le tremblement de vos corps le besoin de courir pour hâter la rencontre tant désirée maintenant, il n'y aura de retour au cri et aux gestes antérieurs que jusqu'au moment où vous tomberez dans les bras l'un de l'autre et vous étreindrez.

Vous dormirez maintenant ensemble, épuisés, dans le lit au fond du ravin.

Entre tes seins pendra le sceau de cristal qu'il t'aura offert avant de t'aimer.

Le cadeau est bel et bon, mais vous aurez commis un acte terrible, un acte interdit.

Vous aurez donné un autre temps au moment que vous vivez et aux moments que vous allez vivre ; vous avez bouleversé les temps ; vous avez ouvert un champ interdit à ce qui vous est arrivé avant.

Mais pour le moment, il n'y a pas de crainte, il n'y a pas de peur.

Pour l'heure, il y a la plénitude de l'amour dans l'instant.

Ce qui arrivera dans le futur doit attendre, patiemment, respectueusement, le prochain temps des amants réunis.

Cartagena de Indias, janvier 2000.

L'ŒUVRE NARRATIVE
DE CARLOS FUENTES

Le miroir enterré

Géographie du roman (Arcades, n° 52)

Un temps nouveau pour le Mexique

HORS SÉRIE

Portraits dans le temps

Contre Bush

— Les titres en caractère romain ont été publiés en traduction française aux Éditions Gallimard.

Aura a été inséré dans le recueil intitulé *Chant des aveugles*.

— Les titres originaux en caractère italique n'ont pas encore été traduits ou, s'ils sont suivis d'un astérisque, n'ont pas encore été publiés par l'auteur.

COLLECTION FOLIO

Dernières parutions

4020. Marie Ferranti — *La Princesse de Mantoue.*
4021. Mario Vargas Llosa — *La fête au Bouc.*
4022. Mario Vargas Llosa — *Histoire de Mayta.*
4023. Daniel Evan Weiss — *Les cafards n'ont pas de roi.*
4024. Elsa Morante — *La Storia.*
4025. Emmanuèle Bernheim — *Stallone.*
4026. Françoise Chandernagor — *La chambre.*
4027. Philippe Djian — *Ça, c'est un baiser.*
4028. Jérôme Garcin — *Théâtre intime.*
4029. Valentine Goby — *La note sensible.*
4030. Pierre Magnan — *L'enfant qui tuait le temps.*
4031. Amos Oz — *Les deux morts de ma grand-mère.*
4032. Amos Oz — *Une panthère dans la cave.*
4033. Gisèle Pineau — *Chair Piment.*
4034. Zeruya Shalev — *Mari et femme.*
4035. Jules Verne — *La Chasse au météore.*
4036. Jules Verne — *Le Phare du bout du Monde.*
4037. Gérard de Cortanze — *Jorge Semprun.*
4038. Léon Tolstoï — *Hadji Mourat.*
4039. Isaac Asimov — *Mortelle est la nuit.*
4040. Collectif — *Au bonheur de lire.*
4041. Roald Dahl — *Gelée royale.*
4042. Denis Diderot — *Lettre sur les Aveugles.*
4043. Yukio Mishima — *Martyre.*
4044. Elsa Morante — *Donna Amalia.*
4045. Ludmila Oulitskaïa — *La maison de Lialia.*
4046. Rabindranath Tagore — *La petite mariée.*
4047. Ivan Tourguéniev — *Clara Militch.*
4048. H.G. Wells — *Un rêve d'Armageddon.*
4049. Michka Assayas — *Exhibition.*
4050. Richard Bausch — *La saison des ténèbres.*
4051. Saul Bellow — *Ravelstein.*
4052. Jerome Charyn — *L'homme qui rajeunissait.*

Composition Graphic Hainaut
Impression Liberduplex
à Barcelone, le 08 mars 2005
Dépôt légal : mars 2005.

ISBN 2-07-030633-X./Imprimé en Espagne.